香具師の旅

KomimaSa TaNaka

田中小実昌

P+D BOOKS
小学館

目次

浪曲師朝日丸の話

赤ん坊たちがそろって赤いウンコをした、と朝日丸はひとりではしゃいでいたという。その話をしながら、元子は腹をたてていて、ぼくはよけいおかしく、すると、元子はますますおこった顔になり、旅館の天井をにらんだ。

天井からぶらさがった螢光灯にむらさきがかった埃がつもっている。どうして、あんな色の埃ができるのか？　ともかく、あまり高級な旅館ではない。広島駅からあるいて六、七分の、夜になれば女がたっている界隈の旅館だ。

旅館にはいる前に、元子はあたりを見まわした。元子は、広島からバスで四十分ほどの町の中学で英語の教師をしている。

女房の兄が郷里の徳山で死に、その葬式のかえりに、ぼくは広島によった。女房の兄とは、いっしょに同人雑誌をやっていたことがあるが、十年ほど前に、郷里の徳山にもどり、家業の燃料店をついだ。

からだをよこにして、元子の浴衣の帯の下をひらく。元子は、ひらいたところをかきあわせ、また、ぼくはひらき、そんなことを二、三度くりかえし、元子は壁に顔を向けて、ため息をついた。どういう意味のため息かはわからない。

パンティは脱いだままだ。白いパンティだった。元子が色がついたパンティをはいてたのは見たことがない。

広島の駅で列車をおり、ぼくは元子の中学校に電話し、広島であうことにした。

徳山の実家にのこった女房には、元子の中学がある町からバスで十五分ばかりの、もと軍港の町にいる姉のところに、きょうは泊る、と言っておいた。

ぼくはもと軍港の町で生れて育ったが、今は、父も母も死んでいない。きょうだいは姉だけで姉は呉服屋に嫁にいった。戦災で焼けるまでは、この町でもかなり大きな呉服屋だった。

姉は気持がやさしく、ぼくたちは、なかのいい姉弟だといわれていた。元子に電話をかけたあと、姉にも電話し、姉はあいたがったが、ぼくは、ちょっと広島で用があるので、と言った。やはり、ウソをついたことになるだろう。

ぼくは、白くさらしだされた元子の下腹に手をやり、そこに刻みこまれたしるしを、指さきでたどった。

元子は、左の腰骨のあたりから、やわらかな下腹のくぼみにそって、ななめにケロイドの跡がある。元子は、小学校にはいった年、広島で原爆にあった。

ただ、ぼくには、元子のお腹《なか》のケロイドの跡が、ぜんぜん醜いものには見えない。なんだか、ちいさなクリスマス・ツリーの葉が、かさなりあって浮彫りになってるような、かわいいかたちにさえ見えたりする。おまけに、そのちいさな葉が、ななめに一列に、下腹の白いくぼみをこえ、アンダースローの投球のカーブにも似て、ふんわり高くなった恥ずかしいホネのくろいしげみにむかってるではないか。

しかし、これも元子のお腹にあるケロイドだからかもしれない。元子は壁のほうから、こちらに顔をむけ、下腹のケロイドをたどるぼくの指に、自分の指を編みこむようにした。

「おとうちゃんがお酒を飲むことばかり考えとったけん、こんげなことになったんだって……」

元子は、標準語と広島弁をチャンポンにして言った。

「だれからきいたんだい?」

「おかあちゃん……」

「へえ、原爆のあとも、おたくのおかあさんが生きてたことは、はじめてしったな」

元子の父親は、東大の工学部をでて、もと軍港の町のぼくたちの中学校で、数学の教師をしていた。

しかし、土地の人ではなく、たしか金沢の生れだときいた。金沢の人が、東大の工学部をでてなぜ、広島県の軍港の町の中学校にきたのかはしらない。

ぼくも、元子のおとうさんに幾何をならったが、朝から、酒のにおいがすることがあり、太平洋戦争がはじまって、すこしたったとき、数学の教師をやめ、広島の軍需工場の技師になった。もともとそのほうが専門だから、と元子のおとうさんは、ぼくたち生徒にも言ったが、軍需工場にいけば、配給のお酒なんかとはくらべものにならないくらい、たくさん酒が飲めるもんだから、一家で広島にうつり、中学の数学の教師をしてれば、原爆にもあわなくてすんだのに、おとうちゃんがお酒に意地汚いばっかりに……と、元子のおかあさんはくやみながら死んだと言う。軍需工場の建物はのっぺらぼうにおっぺしゃげ、おとうさんの遺体は、とうとう見つからなかったそうだ。

「わたしも、こんな怪我をしてるし、ほんまは、遺体をさがしにもいかなんだんよ」

はじめて寝た夜（ぼくにはやはり近親相姦のような気がしたが）元子はそう言った。

元子のおかあさんは、ぼくの父方の親戚で、ぼくのうちにいるときに、大学をでて軍港町の中学の数学の教師になってきた元子のおとうさんと知り合ったらしい。子供のころ、あまりいい意味ではつかわれていない恋愛結婚という言葉をきいた記憶もある。

ぼくのうちは、軍港の町の市内電車がはしってる通りにあったクスリ屋だが、元子のおかあさんが、どんな親戚で、なぜうちにいたのか、だれかれがなん度もはなしてくれたとおもうが、おぼえていない。

元子もしらなくて、このことには、どうもタブーになってるところがあるような気もする。

もしかしたら、死んだ父と、元子のおかあさんとのあいだに、なにか関係があったのではないか。母はいつも青い顔で、奥の部屋でよく寝ており、低血圧ということだったが、婦人病、というひそひそ話の言葉も、子供のぼくの耳にはいった。

そんなことはともかく、家のなかをぞろぞろ這いまわってる朝日丸の赤ん坊が、そろって赤いウンコをした、と父親の朝日丸がうれしがってるのに、なぜ、元子は頭にきてるのか？

ふざける生徒に腹をたてる教師の習性のようなものなのか？

だいいち、なんのために(どんな用があって)元子は朝日丸のところになんかいったんだろう？

朝日丸とぼくは、兵隊のときいっしょだった。ぼくは、徴兵年齢一年くり上げで、昭和十九年十二月の末に、山口の連隊に入営したが、朝日丸とはおなじ分隊だったのだ。

ぼくたちは現地部隊の要員で、山口の連隊には五日しかいなくて、朝鮮海峡を渡り、昭和二十年の正月は、南満州をはしる列車のなかでむかえ、それから山海関をこし、北支をとおり、揚子江をはさんで南京とは対岸の浦口で列車をおりた。

朝鮮の釜山から浦口まで、十日以上かかった列車輸送で、客車なので暖房はあったが、みんなさげっぱなしの足が、広島でとれる赤大根のようにふくらんでいた。

中支派遣軍独立旅団誠部隊第三大隊四中隊。ぼくと朝日丸は、第一小隊第一分隊で、今おもいだしても恥ずかしいが、ぼくは分隊長だった。

分隊長といっても、もちろん、みんなとおなじ初年兵だけど、現地の部隊から、内地に初年兵をつれにきている途中で、四中隊のつまり引率者は、下士官候補あがりの曹長さんと、二年兵の乙幹の伍長さんの二人きりで、ほかに古兵さんはいなくて、曹長さんが中隊長代りで第一小隊長、伍長さんが第二小隊長をやっていた。

そのころは、どっちみち、みんな兵隊にとられるんだし、だったら、兵隊よりも将校のほうがまだマシだというので、特別甲種幹部候補生とか、海軍の予備士官とか、たいていの者が志願していったが、ぼくは、一日でも軍隊にはいるのをのばしたい気持で、陸軍二等兵で入営した。学校の教練もきらいだったし、兵隊にされるのは、なおさらめいわくで、そんな気持を説明すると長くなるのでやめるが（また、うまく説明もできないし）ぼくは、軍隊なんかカンケイないといつも頭のなかでボヤいていた。

山口の連隊に入営し、体力検査のため、営庭をはしらされたときも、いちばんビリではしり、即日帰郷をねらって、軍医にも、いろいろからだの故障をもうしたてた。

そんなぼくを、小隊長代理も兼ねた（曹長さんは中隊ぜんぶの指揮をとるので）第一小隊第一分隊長にしたというのは、たぶん、ぼくが世間でいいとされていた学校に籍があったからだろう。

ぼくとしては、めいわくの上塗りの大めいわくで、とても、ぼくのような者には……と曹長さんにも言ったが、命令だ、とどなりつけられた。

曹長さんだって、ぼくがどうしようもない兵隊だってことは、すぐわかっただろうとおもうが、軍隊というところは、いったんきめたことは、なかなか変えられないらしい。

仮りに分隊長といわれていても、みんなとおなじ初年兵だ。分《ぶ》のわるい使役などを命令したって、みんないやがって出やしない。また、おなじ初年兵で、命令なんてことができるものでもない。

逆に、炊事の使役とか、サツマイモのひとつでもさしくれそうなヨロクのある使役には、みんないきたがって、そのうちの何人かをえらぶと、ほかの者にうらまれる。

だから、ひとがいやがることは、つい自分でやってしまうようになる。ところが、曹長殿は、ちっともほめてはくれなくて、そういうことは分隊員にやらせろ、分隊長がすることではない、と逆にどやしつける。

浦口で列車をおり、揚子江をわたり、南京につくと同時に悪性の脳炎が発生し、さっそく、ぼくの分隊でも死亡者がでた。

そのために、ぼくたちは、一日に何回も昇汞水《しょうこうすい》でうがいをさせられたが、たとえば、そのうがいで吐きだしたものを棄てにいくだけでも、そのたびにゴタついた。

うがいで吐きだしたものは醤油樽のなかにはいっていて、樽はもちにくく、宿舎の階段はせまく、手がすべったり、足をふみはずしたりする。

そんなわけで、みんないやがり、消灯前、樽のなかの吐水を棄てにいくのは、たいていぼくがやっていた。

寝るところは、曹長さんと伍長さんはべつで、こういうときは、みんな、ぜんぜん、ぼくのいうことはきかなかったのだ。

しかし、ぼくだけでは樽はもてない。どうしても相手がいるが、いつのまにか、その相手が朝日丸にきまっていた。

朝日丸はぼくよりも背が高く、樽をかかえて階段をおりるときは、朝日丸が下になったが、不器用なぼくがころんだりして、樽をひっくりかえし、下にいる朝日丸は、赤むらさきの昇汞水に唾や痰のまじった吐水を、なん度も、頭からひっかぶった。

そして、ほかの連中は、もう毛布にはいって、クスクスわらっている。(寝具なんてものはなかった。木の床に、みんなくっつきあって毛布をひっかぶっていた)

ぼくは、ヒステリー分隊長、とみんなにバカにされ、朝日丸は、お人好し、とバカにされてたのだ。(なぜ、ひとがいいことが、ひとからバカにされなければいけないのだろう?)それに、朝日丸は字も読めない。

おなじ分隊になって、朝日丸の名前もしったのだが、ぼくは、山口の連隊に入営するとき、汽車のなかで朝日丸といっしょで、朝日丸は、ぼくに羊かんをくれた。小豆をつかった、甘いこってりした、ほんものの羊かんで、こんなものは、ぼくは、もう長いあいだたべたことがなかった。

この羊かんを、朝日丸がどこからもってきたのかはしらない。しかし、今では想像ができないくらい貴重な羊かんを、見も知らないぼくにくれたというのは、ありがたいというより、ふしぎな気がした。

しかも、朝日丸とぼくとは、列車のなかでおなじ座席だったわけでもない。朝日丸が羊かんをだすと、「いやあ、めずらしい。ほんものの羊かんだ」とほかの座席の者までがさわぎ、朝日丸は羊かんを切って、そこいらじゅうにくれてまわり、それこそ、アッという間に羊かんはなくなってしまった。

朝日丸は、兵隊にくるまでは、ぼくが生れて育った軍港町からバスで十五分ほどの、おなじ市のなかにはいっている上浦という、やはり海に面した部落にすみ、馬方をしていたという。今は造船所なんかもできて人家がふえ、元子が勤めてる中学校があるところだ。

朝日丸の父親も馬方で、それも、道におちた馬ふんをスコップですくってまわる馬車の馬方だったときいた。ともかく、土地の者ではないらしい。

朝日丸という名前はめずらしいが、やはり上浦に家があった第三分隊の池田は、こんな悪口を言った。

朝日丸の父親も、朝日丸とおなじ馬方で、読み書きができない。それで、朝日丸が生れたとき、名前をつけるのにこまって、あれにしてくれ、と近くに泊ってた船の尻《けつ》をゆびさした。上浦は漁師町だから、漁舟はたくさんならんでる。たまたま、朝日丸のおやじがゆびさした舟の舟尾に「朝日丸」とかいてあったというのだ。

「ニンゲンの名前も、舟の名前も、おんなじじゃ、とおもうとるような親じゃけん」と第三分隊の池田は朝日丸を軽べつし、みんな、「ほんまか?」と朝日丸をからかったが、朝日丸は、ただニヤニヤしていた。

朝日丸は、自分のこの名前を、べつに迷惑にはおもってなかったようだ。だいいち、なにかで朝日丸が迷惑そうな顔をした姿など、目にうかばない。

いや、朝日丸は、たぶん、この名前をうれしがってたにちがいない。

朝日丸は浪花節がじょうずだった。戦時中は浪花節が大流行で、初年兵のなかでも浪花節をうなる者はうんといたけど、朝日丸の浪花節は格がちがっていた。

ぼくたちは南京にすこしいて、蕪湖《ぶこ》というところまで貨車ではこばれ、ここから、長いながい行軍のはじまりを、揚子江の上流にむかってあるきだした。

そのとき、あちこちにわかれていた中隊や分隊があつまり、演芸大会をやったが、朝日丸の浪花節は、ほかの者とはくらべものにならず、「朝日丸!」という声がとび、朝日丸はしごくうれしそうな顔をしていた。

行軍はひどいものだった。あるきはじめた第一日めに、第二分隊長の重本がひっくりかえった。

雪の残った山道にたおれた重本は、顔に白い膜のようなものができていて、応召の(徴兵年齢一年くり上げで、満十九歳のぼくたち初年兵には、ずいぶんオジさんに見えたが)衛生上等兵は、「あ、塩をふいたな。こりゃ、ダメだ」と言った。

ニンゲンはうんと疲れると、体内の塩分をふきだすんだそうで、こうなると、命はたすからないという。

ぼくたちがいく中国の奥地の前線では、塩が極端に不足し、そのため、ぼくたちは、岩塩を背のうにいれてはこばされており（前線の原隊につくまでに、この岩塩に手をつけたら、銃殺だといわれた）衛生上等兵の言葉は、とっぷり実感があり、重本も死んだ。

行軍は戦闘よりもつらい、と言われている。その行軍を、ただ軍隊にはいってきたというだけの、まるで教育もうけていない初年兵ばかりの集団がはじめたのだ。また、ぼくたちのほとんどは、兵隊になるずっと前から、ロクなものは食べず、栄養不良でひょろひょろのからだだった。

そして、その日の目的地に着いても、飯あげや寝る所の世話など、第一小隊長の代理も兼ねた分隊長のぼくは、ほかの者みたいに、疲れてへたりこんでるわけにはいかない。（飯盒《はんごう》炊さんのときは、もっとたいへんだった）

世話なんて言葉をつかったが、事実は、ほかの中隊、ほかの小隊、ほかの分隊にさしくられないように、食べるものと、寝るところをふんだくってこなければ、みんなにうらまれるのだ。

そんなとき、いくらかボヤきながらでも、よくうごいてくれたのが、やはり朝日丸だった。

それに、朝日丸は行軍に強かった。行軍一日目で、ぼくの軍靴は外側にゆがんでしまったが、朝日丸の軍靴は、たとえ靴底がすりきれてきても、まっ平《たい》らに減っていて、骨ぶとい足で、地面をふみつけてあるく。

朝日丸は、ヘバった者の背のうもしょってやった。ぼくもふくめて、分隊の者はぜんぶ、ほかの分隊の者まで、行軍中、一度や二度は朝日丸に背のうをしょってもらっている。これは、実際にはたいへんなことだ。ぼくは、山口にいく列車のなかで朝日丸がみんなに羊かんをくれてやったことをおもいだしたりしたが、それ以上に、ほんとに命にかかわることだった。ヘバって、行軍の列からおちると、ゲリラに殺される危険がある。

ところが、背のうをしょってもらいながら、まだ、みんな朝日丸の悪口を言った。

「親の代から、馬ふんひろいの馬方じゃないか、毎日、朝から晩まで、馬の手綱をもってあいてりゃ、足が強いのはあたりまえさ」

ともかく、朝日丸が、すこしでも恩着せがましくしたら、みんなも、こうまでバカにしなかったのではないか？

ということは、恩着せがましくしないことは、じつはこの世のなかではいけないことなんだろう。

長いながい行軍になったのは、ぼくたち初年兵が配属されるはずの原隊が、どこかにいってしまってたからだ。

あとでわかったことだが、原隊そのものが解体し、ある者は桂林作戦の部隊に、ある者は、揚子江上流の宜昌《せんしょう》の前線に転属になったらしい。

ぼくたちは、武昌からは粤漢《えつかん》線という鉄道にそって南下した。が、昼間は、敵機の来襲があるので夜行軍だったが、逆のほうからさがってくる部隊の兵隊たちが、闇のなかですれちがうとき、「戦争は負けだよ」とつぶやいた。広西省の桂林あたりにある米軍の航空基地をつぶすための、いわゆる桂林作戦にいった部隊で、それまで日本陸軍にはなかった言葉の転進をしてきた連中だった。

ぼくたちは、長沙あたりまでいって、またひきかえし、湖北省と湖南省の境で、粤漢線鉄道警備の部隊に編入された。

内地までぼくたち初年兵をつれにきた曹長さんと伍長さんは、原隊の片割れを追って宜昌にいくことになり、「今から、また、武昌《ぶしょう》にもどって、宜昌まで……」と曹長殿は、マラリヤでへバってガキみたいに二本棒の鼻をたらし、うなった。

第二小隊の第一分隊長の戸田は、ぼくたちが、粤漢線の鉄道警備の部隊に編入された翌朝の点呼でたおれ、大隊本部の医務室にはこばれて、やがて死んだ。

戸田は師範学校をでて、みじかいあいだだが、国民学校（小学校）の先生をしていた男で、どうしても、甲種幹部候補生の試験にとおり、将校になる、と張切っていた。

幹部候補生になる資格がある初年兵だけ、大隊本部にあつめられていたときで、「行軍でおそくなったが、いよいよ幹候の試験だ」と、その前の晩も、戸田はどこかから歩兵操典をもってきて、豚の脂《あぶら》に灯心をいれたあかりで読んでいた。

「行軍で落伍したら、幹候もパアじゃけんのう」とも戸田は言っていた。

はるばる南京から、ぼくたちが背のうにいれてはこんできた岩塩は、大隊本部で一ヵ所に集められ、そして棄てられた。

長い行軍のあいだに、何度も、背のうのなかまでずぶ濡れになり、岩塩の塩気がぬけて、ただにがいだけの石っころに変っていたのだ。

新約聖書マタイ伝五章一三節の「塩もし効力を失わば、何をもてか之《これ》に塩すべき。後は用なし、外にすてられて人に踏まるるのみ」という言葉は、ぼくにはちんぷんかんぷんだったが、その言葉の意味を見たような気がした。

朝日丸も、ただの石っころみたいな兵隊になってしまった。長い行軍のあいだには、大げさでなく、朝日丸のために命がたすかった者は何人もいる。だけど、行軍がおわれば、朝日丸もぼくもどうしようもない兵隊だった。

もともと、どうしようもない兵隊なのだ。だいいち、敬礼ひとつでも、朝日丸とぼくは敬礼にならない。

敬礼どころか、ぼくと朝日丸がかぶると、軍帽まで日本軍の軍帽には見えないと、教育係の班長はおこった。

「どう見ても、支那兵の帽子だ。おまえたち、チャンコロにまちがえられて、撃たれるなよ」

おまけに、朝日丸は字が読めず、小銃の分解はできても、もとどおりに組みたてることはできず、ぼくは分解もよくできない。

また、行軍前、行軍中、あれだけうごかなかった連中が、古兵さんたちが分哨連絡なんかからかえってきたりすると、ワッとその巻脚半《きゃはん》にとびつく。

朝日丸とぼくは、川から水を汲んでくるという、いちばんつまらない、つらい使役をさせられていたが、たとえば、風呂に水をいれ、やっと腰をおろして、火をつけるときになると、ほかの者にかわらされた。

朝日丸とぼくは風呂の焚き方がへたで、時間がかかるというのだ。しかし、これは事実で、ぼくたちは、ほんとにしようがない兵隊だった。

朝日丸とぼくは、鉄橋の歩哨に、よく立たされた。ここは、鉄橋をねらって、米軍機がしつこくやってきて、みんな歩哨をいやがっていた。機首がながく、だから、雁とぼくたちがよんでいたP51で、低空で機銃掃射をし、小型の爆弾をおとしていく。

中隊長は、「おまえたちのようなやつは、軍刀でぶった斬ってやりたいが、それでは軍刀のサビになる。敵のタマにあたって、名誉の戦死をしろ」とぼくと朝日丸に言っていた。

その鉄橋から朝日丸がおちた。夜間の歩哨だったが、鉄橋のたもとで、うとうとしていたぼくは、銃声で目をさまし、朝日丸の名前をよんだ。

しかし返事はなく、朝日丸はたしか鉄橋のまんなかあたりにいたはずなのに、こわごわ、そっちのほうへ這っていっても、朝日丸の姿は見えない。

「朝日丸！　朝日丸！」と、ぼくは、すぐ報告しなければいけないとおもいながら、うろうろさがしてまわり、そのうち、中隊本部から何人かやってきた。

鉄橋は中隊本部からわりと近くで、朝日丸とぼくは衛兵がわりみたいに、歩哨に立たされてたのだ。

朝日丸は、夜が明けてから姿をあらわし、鉄橋の上を動哨中、向う岸にあやしい人影が見えたので、「だれか？」と誰何《すいか》したが返事がなく、発砲したとたん、河におちた、と言った。

しかし、みんな、この話はあまり本気にしなかった。鉄橋のまんなかは、河の上で涼しく、蚊もいないので、朝日丸はレールを枕に寝ていて、寝呆けて河におち、おちるひょうしに銃の引金をひいたんだろう、というみんなの想像だ。

朝日丸もぼくも営倉《えいそう》（といっても、ニワトリ小屋だったが）にいれられたが、それは、八月十日すぎのことで、間もなく終戦になり、たすかった。

もっとも、終戦になっても、たいしてかわりはなかった。

終戦になり、あちこちの分哨から、みんな引きあげてきて、また、各中隊も一ヵ所に集結し、古兵さんたちが増えて、うるさいことになったからだ。

「おまえらは、輸送と教育だけで、ほんとの内務班の味はしらん、今から鍛えてやる」

と、なにかといえばビンタをとる上等兵もいて、戦争に負け、年次も階級もクソもないのにとおもうと、よけいビンタが痛かった。

ただ、終戦前にくらべると、古兵さんたちはヒマで、演芸会をよくやり、朝日丸の浪花節はいつも花形だった。

だから、朝日丸の仕事が少くなるとか、飯の量がふえるとかいうわけではないが、ともかく、戦争中とちがって取柄ができたわけだ。

ぼくも子供のときから、いわゆるアチャラカが好きで、高校生のとき、軽演劇の台本募集に応募したこともあり、自分では半分玄人ぐらいにおもっていた。

それで、中隊にアチャラカ劇団をつくり、ぼくの作・演出で、大隊の演芸会や、ほかの部隊との演芸会に、朝日丸といっしょにでたりし、「おまえらみたいな兵隊がいたから戦争に負けたけど、取柄はあるもんだな」と中隊長に言われた。

ぼくたち捕虜は（といって、中国兵の監視がついていたわけではないが）何度も移動させられ何度目かの移動のあとで、ぼくと朝日丸は、もと旅団本部があったところの病院にいれられた。病院といっても一棟だけの粗末なバラックで、ここに、ぼろっ布《きれ》みたいにならんで病人が寝ていた。

ぼくはアメーバ赤痢とマラリヤと栄養失調、朝日丸はパラチフスとマラリヤと栄養失調で、中隊長は「おまえたちは、どこまでも仲がいいなあ。ま、戦争は負けたんだから、ゆっくり寝てこい」とわらっていた。

やはりパラチフスかなんかだったんだろう、熱をだしていた乙幹の軍曹と朝日丸を、牛がいない牛車のようなものにのせ、ぼくとおなじように血便をたれていた五年兵の兵長とぼくで車をおして、病院にいったのだが、乙幹の軍曹は、病院にはこびこまれて二日後に死んだ。

松山の高商をでた背がひょろっとした乙幹の軍曹で、このひとも、軍帽のかぶり方や敬礼のしかたがおかしく、それこそ帝国陸軍の下士官というより、支那の保安隊の兵隊みたいだったが、中国語はうまくて、終戦後すぐは、いろんな交渉の通訳で、一時花形みたいになったのに、くちびるがひび割れ、口のなかに白い滓《かす》のようなものをいっぱいためて死んでいた。

五年兵の兵長さんは、年次は古いが、ほかから転属してきたひとで、ぼそぼそ口のなかでものを言う癖があり、食糧がなくなってくると、草だけでも食わなきゃ死んじまう、と雑草をとってきては、口のまわりを青くして、ぐちゃぐちゃたべていたが、やはり十日ほどで、皮膚がそれこそ草みたいな色になり死んだ。

朝日丸はぼくのとなりに寝ていたが、高い熱がつづき、ものもたべず、あの乙幹の軍曹のように、くちびるが白くひび割れてきた。

そんな朝日丸のことを、ぼくは心配していただろうか？　いや、心配なんてことは、今のぼくが頭で考えることかもしれない。

ぼくは、朝日丸の枕もとに配られた食器の底にちょっぴりこびりついた雑草粥を寝たまま指ですくって、口のなかにたらしこみ、ああヨロクをした、とおもったことはたしかだ。

朝日丸は熱がさがり、ものもたべるようになったが、そのうち、また熱をだした。マラリヤの熱とはちがうようだという。

「それに、こがいなところに、こがいなもんができて……」

朝日丸は毛布から腕をだした。手首の裏側から肘のほうにかけて、ぶつぶつ赤くなっている。

「ここにも、熱があるんじゃ」

「ほんまか……」

ぼくは、おでことおでこをくっつけて熱をたしかめるように、朝日丸の腕のぶつぶつができたところに、ぼくの腕をかさねた。

ところが、しばらくすると、ぼくの腕にもおなじようなぶつぶつができ、それは、てのひらにもあらわれた。天然痘だったのだ。

天然痘のぶつぶつは、頭のてっぺんから足の裏にまででき、朝日丸とぼくは、からだじゅう、べったり黒いクスリを塗られて、ニワトリのふんのにおいのする土間のひどい小屋にいれられた。

「ほんまに、おまえとは仲がええのう。鉄橋からおちたときは、トリ小屋の営倉にいっしょにいれられ、こんどは疱瘡で、またいっしょにトリ小屋じゃ」

さきに熱がひいた朝日丸は、ぶつぶつまっ黒けの顔でおかしがった。

ぼくはいい気になって、兵隊のときのはなしを長々としすぎたかもしれない。ともかく、兵隊のときの朝日丸のはなしをしだしたら、きりがないような気がする。

朝日丸のパラチフスは、熱がさがればおしまいだったがぼくのアメーバ赤痢はなおらず、あいだにいっしょに天然痘をやったりし、ぼくたちはいっしょに病院をでて（病院そのものがなくなったんじゃないかな）武昌にいき、漢口《かんこう》にわたり、揚子江をくだる曳き船にのった。

船首に龍の目玉がついたこの曳き船のなかで、ぼくはマラリアの熱をだし、飯盒に紐をつけて揚子江の水を汲んできてくれ、と朝日丸にたのみ、揚子江の水はどんな病菌があるかわからないからと禁じられていたのだが、あんまりぼくがせがむので、朝日丸は、夜、監視の兵隊の目をくぐって水を汲み、船が南京に着くと、ぼくは水道の栓をひねったような下痢をし、コレラになっていた。

そこで、ぼくはテント張りの急造のコレラ病棟にいれられ、朝日丸とは別れたが、コレラがなおって、上海までさがってくると、おなじバラックの収容所に朝日丸がいた。

ぼくは、そうでなくても、マラリヤと栄養失調でやせっこけていたのを、コレラでまた水分をしぼりだされ、枯木みたいなからだで、上海の収容所でもほとんど寝ていたが、朝日丸は、自分のメシを、朝、晩、ぼくのところにはこんでくれた。

朝日丸は、門衛をゴマかして、外の饅頭《マントウ》工場に働きにいっていて、もちろん給料などはもらえないが、できそこなった饅頭が食えるということだった。

朝日丸はさきに復員船にのることになり、饅頭工場で餞別にもらったという（かっぱらってきたものかもしれない）饅頭を、左右の腰骨が魚のヒレみたいにつきでたぼくの腹の上にならべ、「死にんさんなよ」と言った。

ところが、ぼくが復員用の病院船だった氷川丸にのると、それまで、なにをしていたのか船底の貨物をいれるところにフンドシひとつの朝日丸がいて……。

ほんとに、朝日丸のことをはなしてたら、キリがない。

しかし、キリがない、ということは、じつは、神さまだけにしかないことではないのか。

あるいは、恋に夢中になってるときの、錯覚のようなものだとか……。

いったい、朝日丸は、ぼくにとってなんなのだ?(ぼくにとってなんて、いやな言い方だし、いやな、というのは、なにかインチキもあるのかな?)

「中塩さんにも悪うて……。わたし、中塩さんが社のえらい人におこられやせんかおもうと、ひやひやしとるんよ」

元子はトイレにいく前に、布団のすそのほうに手をいれ、パンティをさがした。部屋にはトイレはない。

パンティは、まるくちいさくなって布団のなかに隠れていたが、脱いだときとおなじ、やはり白いパンティだった。

「中塩……?」ぼくはわかっていて、ききかえした。

「ほら、××新聞の中塩さん」

「ああ、朝日丸の美談のことか……」

ぼくは、ア、ハ、ハ、とわらい、トイレからもどった元子のパンティに手をやった。手でさわっても、白いパンティだ。元子は、ぼくの手をパンティからどかした。

「わらいごとじゃないわ。もし、朝日丸が今みたいなことをしよるんが、読者の投書かなんかでわかってみんさい。それより、週刊誌にでものったらどうするん。中塩さんの立場はないわ」

中塩というのは、軍港の町の中学で、二級上だった男だ。下級生のぼくたちのあいだでも有名な秀才で、一高の文科の試験をうけるということだったが、海軍兵学校にいき、ぼくは意外な気がした。

終戦後一年たって、ぼくは朝日丸とおなじ汽車で、軍港の町にもどってきたが、マラリヤと栄養失調のひょろひょろのからだでは、東京の大学に復学することもできず、しばらく、うちで寝ていて、もとの海軍潜水学校の跡に進駐していたイギリス連邦軍工兵隊の料理場《キチン》につとめた。

中塩は海軍大尉くらいまでなったとおもうが、復員し、この工兵隊の通訳をやっていて、ふつう、通訳はむこうの兵隊の言うことばかりヘイヘイきいとるが、おれはちがう、やつらとケンカをしてでも日本人の立場をとおす、と胸を張って、工兵隊のなかをあるいていた。

胸を張って、というのは文字どおり胸をはってだ。戦争中は、どこの中学でもそうだったらしいが、元旦の式には、陸士、海兵の生徒が、それこそ胸を張って参列し、ほかの者はともかく、中塩まで海兵の生徒服で胸を張ってるのがおかしかった。中学の秀才で文学少年だったころの中塩は、胸を張ったりはしなかった。中塩が一高の試験はうけないまま、海兵にいったのを、ぼくは意外だとおもったが、仲間だと考えていたのを（これも、いやな言葉だが）裏切られたような気がしたんだろう。

中塩は、とうとう大学にはいかなかった。海兵や陸士をでた連中も、ぼくたちの年齢では、終戦後、大学や旧制高校にはいりなおした者がおおい。とくに、中塩は秀才だったし、家庭の事情、といったものがあったのかもしれない。中塩が一高の文科の試験はうけず、海兵にはいったときも、父親がいないため、というようなはなしもあった。

中塩が××新聞の記者をしている、ということは、たしか、元子からきいた。

しかし、元子は、どこで中塩と知り合ったんだろう。朝日丸もそうだ。やはり、はじめは、中塩がぼくのうちにきたり、ぼくが元子を朝日丸のところにつれていったりしたのかもしれない。

よけいなことだが、三日ほど前、渋谷のある飲屋にいったとき、有村という男のはなしがでた。有村は、徳山で死んだ女房の兄きやぼくなんかといっしょに同人雑誌をやっていた男だが、もう長いあいだあってなく、「へえ、めずらしい名前をきいたなあ」とぼくはくりかえし、酔って、しつこくくりかえしたらしく、「それは、あなたが、最近ちっとも、こちらにおみえにならないからですよ」と飲屋のママに言われた。有村は、今年になってからも、何回も、その渋谷の飲屋にきているのだそうだ。考えてみれば、ぼくのほうがずっと御無沙汰してたわけで、ちいさなことみたいだが、ぼくは、たいへん恥ずかしかった。

元子の場合にも、これとおなじようなことがあるのではないか。復員後、ぼくは、半年ほどうちにいただけで、東京の大学に復学し、それからは、たまにしかかえっていない。そのあいだ、元子も中塩も朝日丸も、ずっとこのあたりにいたのだ。

ぼくは、なんでも自分中心に考えるため（だけど、それよりほかに考えようがないが）こんなことでも、かなりとんちんかんな考えちがいをしているのではないか。

「中塩さんは優秀な新聞記者だわ」

元子は、ぼくの手をからだのあいだにおさえて言い、ぼくは、またクスッとわらった。優秀な新聞記者、という言葉が田舎っぽくきこえたものだ。その田舎っぽさが、元子のかわいさかな、ともおもう。

それと、中塩が優秀な新聞記者だ、というのもおかしかった。中塩は、中学のときも秀才で、海軍兵学校でも成績がよく、進駐軍の通訳のときも、基地のなかを胸を張ってあるいていた。どこにいっても優秀な男が、新聞記者でも優秀だそうで、まことにけっこうなことだ。

しかし、中塩のことを、どこにいっても優秀な男（なにをしても、優秀でなければいられない男）とぼくはあわれんでるらしいが、そんな考えかたをする資格がどこにあるのだ。

元子のことだって、その田舎っぽさが、かわいさかもしれない、なんて、ぼくは、いったいなに様のつもりでいるんだろう。

復員後、うちにかえって、まだ寝ているときに、朝日丸がひょっこりたずねてきた。

軍港の町の市内電車がはしっている通りにあったぼくのうちは戦災にあい、玉浦という海水浴場の近くの、前は夏のあいだだけつかっていた家におやじたちは引越していた。庭も床の下も、海辺の白い砂におおわれたちいさな家だ。その玄関に、わずかに焼け残ったクスリを、おやじはならべており、ぼくが復員してきたときには、広島で両親をなくしてひとりぼっちになった元子がひきとられていた。

「家をさがしてのう。わしゃ字をよう読まんけん、往生したわい」

焼跡に立ててある移転先をかいた板も、朝日丸には読めなかったからだろう。

朝日丸は、白いつやつやした色の餅をいくつも風呂敷のなかにいれていて、「ほら、これを食うて、はよう起きれるようになりんさい」と、三つ四つ風呂敷からだし、上海のときの饅頭のように、ぼくのおでこの上にかさねた。

山口の連隊に入営する前、列車のなかで朝日丸がくれた羊かんが、ほんものの小豆の羊かんだったように、これも、ほんもののモチ米の餅だった。

「こがいなもんを、どこからもってきたんか?」

「村からの。村をまわりよるんじゃ」

朝日丸は、浪花節で、広島県や山口県、四国あたりの田舎をまわってるんだという。ぼくはおどろき、寝たままの力のはいらない腹をひくんひくんさせてわらった。

「戦争がひどうなる前は、関西でも看板さんでとおっとる浪曲師の三味線を弾いとったオバさんが、こっちのほうに疎開してきとってのう、わしゃ発見されたんじゃ、ま、その曲師のオバさんにつれてまわってもろうとるようなもんじゃけどのう。村は景気がええけん。おまえも、はよう元気になって、いっしょに、村の祭りにいこうやあ。兵隊のときみたいにのう」

「名前はどういうんじゃ？　芸名がないと、いけんのじゃろうが？」

「名前は、西川朝日丸……」

朝日丸は浪花節のフシをつけていった。朝日丸の本名は大西だ。

ぼくは、農村ブームという言葉がおかしい気がしていた。ブームといえば、爆発的なものを感じる。しかし、爆発は閉じられたところでしかおきないのではないか。ダンス・ブームなんてのはなかった。せまい場所で、女と男が肩をぶっつけあって踊っている。（ついでに腹をすかせて）そんなまわりの空気まで粘ってくるような熱っぽいのはわかる。

しかし、農村といえば、田圃があって、肥溜めがあって、小川がながれて、遠くに山があり……どうしても、ブームというものとは、ちぐはぐな気がしていたのだ。

ところが、四月に東京の大学に復学し、夏休みにかえってきて、朝日丸にとっついて、村（このあたりでは、田舎、という言葉のかわりに村、と言う）のお盆にいき、びっくりした。

田圃だって、そう見渡すかぎり広々と、いったものでもないし、山も遠くにはなく、ちょこちょこそこいらにあり、そんなことよりも、お盆の演芸大会場には、それこそ熱気がこもっていた。

お寺の本堂が演芸大会場だったが、まわりの木立ちの闇が、厚いくろい壁になってとりかこんだなかに、人がぎっしりつまり、そのひとたちが酒を飲み、女の太腿のような白いむっちりしたオニギリにかぶりついている。

安来節に「リンゴの歌」に娘たちの手踊りに、村のあんちゃんたちのヤクザ踊り。

〽影か柳か　勘太郎さんか

〽あれを御覧と　指差す方に

おじいちゃんおばあちゃんの手拍手に、赤ん坊の泣き声、そして、最後は本職《プロ》の浪花節で、おなじみ西川朝日丸の登場になる。

〽西は夕焼、東は夜明け、ロシアにつづく日本海、寄せては返す波の歌、ここは越後の柏崎、互いに契《ちぎ》る共しらが、愛の形見の幼児《おさなご》も、あけて今年は早《は》や七つ、いつしか月日も年のくれ、きのうもきょうもふる雪に、見渡すかぎり銀世界——

兵隊のときの演芸会でも朝日丸がよくやった「七年後の佐渡情話」で、佐渡情話のお光と吾作に吾市という子供もでき、親子三人で仲よく暮している家の前で、昔の敵役《かたき》の七之助が、おちぶれて、行倒れになるという浪花節だ。

〽島で咲かせた恋の花、昔の色香の名残りを留めて、今では結《むす》ぶ世帯の実《み》、お光のやさしき女房ぶり、親子三人《みたり》が食事をすませ、他人まぜずの水入《みずい》らず、川という字に床のなか、どこで打つのか九つの、鐘の音凍る夜中すぎ、風はますます強く吹く……

朝日丸はいくらか上をむいた鼻の穴をふくらませてうなり、曲師のオバさんの三味線がツン・ツ・ツンとおいかけ、餅がとび、夏ミカンがころがってくる。

朝日丸のお得意には、このほかに、「五寸釘の寅吉」とか、「ピストル強盗・清水定吉」「剃刀《あたりや》おきく」などの探偵浪曲がある。しかし、こんなものを、字も読めない朝日丸が、どこでおぼえてきたんだろう?

その晩は、演芸会場のお寺の本堂に布団を敷いて泊めてもらったが、あくる朝、目がさめると、額が禿げあがっている曲師のオバさんが朝日丸の布団のなかにいて、これにもおどろいた。

出演料は、米とか餅とか野菜とかで、「ゼニをもらうより、モノのほうがええけんのう」と朝日丸は言っていた。

ほんとに、朝日丸はすごい景気で、兵隊のとき、おなじ中隊で、復員後は父親のあとをついでカマボコ工場をやっている大木なんかは、「今、いちばん景気がええのは、ナニワ節の朝日丸じゃわい」とわらっていた。

もう、そのころには、元子とおない歳の明子が、朝日丸のうちにいたような気がする。明子は広島の原爆で身内をなくした、いわゆる原爆孤児だ。

そして、東京からかえり、上浦の朝日丸のうちをたずねるたびに、子供たちの数がふえていた。

それもちっこいのばかりで、そのちっこいのが、これまたちっこいのを抱いたり、おんぶしたりしている。

ちょうど、ぼくが朝日丸のうちに遊びにいってるときに、ちっこいのが、ちっこいのにサツマイモにぎらせてたべさせてるうちに、イモが喉にひっかかって、ひっくひっくはじめ、ほんとに目の玉がくるっとまわって白くなり、あわてて水を飲ませたのをおぼえている。

みんな、広島の（これもいやな言葉だけど）原爆孤児だが、朝日丸は、「べつに、ピカドンの子をあつめようという気はなかったんじゃが、つい、増えてしもうてのう」と他人《ひと》ごとみたいな口ぶりだった。


「朝日丸と原爆の子のはなしは、わたしが、中塩さんに売りこんだようなものじゃけん……わたし、ほんきに悪い気がした……」

元子は、おなじことをくりかえした。朝日丸には、さんをつけないのがおもしろい。もっともこのあたりでは、近所の家のことも、大世渡とか出来田とか、さんをつけない習慣だった。

「元子、おまえ、中塩となんかあったんじゃないのか？」

ぼくは、元子の乳首を指さきでわるさをするのをやめて、言った。

「それが、なにか関係があるん？」

元子は、蛍光灯がさがった天井にむかって、ききかえした。

「いや、べつに……」

これは、前からおもってたことだ。ぼくと元子が、寝て、男と女とのことをしたのは、わりと最近で、四年前のことだった。

元子は、なにかの講習で東京にでてきていて、「話があるんよ」と電話で言い、新宿であったが、酒を飲んだだけで、話というのはせず、元子は酔っぱらい、ぼくと新宿百人町の旅館にいき、ぼくは近親相姦のような気がした。

そのとき、元子は（これも、いやな言葉だけど）処女ではないような気がしたが、女のからだといえば、女房ぐらいしかしらないぼくには、よくわからなかった。

いっぺん引いてしまったすじが、もう消えないならば、その上から、べつのすじをひいて塗りつぶしてしまう、そのべつのすじがぼくだったというのか……こりゃまたおセンチな考えだ。

しかし、元子との関係が、今でも近親相姦のような気がするのは、なぜだろう？

両親を広島でなくしたあと、元子が、ずっとぼくの家にいたからだけではあるまい。

また、元子が、じつは、死んだぼくの父が元子のおかあさんに生ませた娘で、つまり、ぼくの異母妹かしれない、なんてことも、ぼくは本気では考えていない。

しかし、さっきのオセンチなはなしを、かりに事実に近いものだとすると、べつのすじというところに、ごく安易にぼくが間にあっちまうのが、なんだか近親的で、やはり、ぼくと元子とのあいだは近親相姦なのではないだろうか。

それに、新宿百人町の旅館で、はじめて、元子のからだの上になったときも、いつでもやれることをやってるみたいな、安易をとおりこして、あたりまえのことのような気がし、すこし気味がわるかった。

近親相姦というのは、それまでぼくなんかが考えていたのはまるで逆で、衝撃みたいなものがないのが、近親相姦ではないのか。

世間的なことをぬきにすれば、せいぜい、うちのお菓子も、よそのお菓子とおなじように甘かった、というぐらいのうしろめたさで……。

朝日丸の美談が、地方新聞のうちでは三大新聞といわれる××新聞にのったのは、もうだいぶ前のことだ。

旅まわりの浪曲師が、ヒロシマの原爆孤児の娘たちをひきとって育て、それがこんなに成長し……といった記事で、すっかり大人《おとな》になった明子をいちばん上に、女の子にかこまれた朝日丸の写真もでていた。

「わたしが朝日丸のことを中塩さんにはなして、記事になり……」という手紙といっしょに、元子が、新聞の切ヌキを、東京に送ってきたのだ。

それが評判になり、朝日丸は地方局のラジオにもでて、原爆孤児の娘たちとナニワ節の合唱をやった、という手紙も、元子からきた。

ぼくが直子（女房）と籍の上でも夫婦になった、あとか前かはおぼえていない。ぼくと直子は、長いあいだ、いっしょに住んだり、別れたりしていた。

その後、朝日丸が貧乏しているというはなしをきいた。農村ブームはとっくにおわり、旅まわりの浪曲なんてものも、客がこなくなったんだろう。

ぼくのうちも、もと軍港の町にはもどらないまま、父が死に、ぼくが中学生のころから、白い青い顔をして寝てばかりいた母のほうが、父のあとにのこり、その母も死んだ。そのあいだ、元子は、ずっと、床の下も海辺の白い砂の玉浦の家にいて、そこから広島の大学にいき、大学をでると、中学の教師になり、うちの父や母の面倒をみていたのだ。

母の葬式のあと、何年かぶりに、朝日丸のところにたずねていくと、ひどいあばら屋になっていた。朝日丸の家は、もと軍港の町からはずれた上浦の、またひとつ岬をまわった、部落からはなれたところにあり、朝日丸の父親が、馬ふんひろいの馬車引きだったというのは、ほんとだろう。集めた馬ふんの臭いが、ほかの人家にとどかないところに住んでいたとおもわれるフシがあるからだ。

家といっても、壁土もないバラックでおそらく、戦争の前からロクに修理もしないで住んでいたにちがいない。雨がしみこんでくろっぽくなった壁板が、それもとおりこして白く晒《さら》けて、反《そ》っくりかえり、さわっていても、板壁のあいだから、きらきらひかる海の表面が見え、夏だったせいもあるが、男物の肌着シャツ一枚みたいな恰好の娘たちが、ほんとにごろごろという感じで、うちのなかにいた。

ただ、娘たちはみんなむっちり脂肪がついていて（だからよけい、ごろごろ、という感じがしたのかもしれない）男物のシャツのまるくつきでた乳房のところが、汗とよごれで、年輪のような模様ができていた。

だいぶおやじ面《づら》になった朝日丸は焼酎をだし、「あきまへんのう。村まわりの芝居も、もうダメじゃけんのう。こいつらが、また、よう食うんじゃ」とわらっていた。

れいの曲師のオバさんの姿が見えず、どうしたのか、とたずねると、死んだと朝日丸はこたえた。

「娘のうちのだれか器用な子に、三味線を仕込もうおもうたんじゃがのう。みんな不器用なんかどうなんか……それに、ちいと色気がつくようになったら、うちのオバさんをきらいだしてのう。女いうもんは、いいなげな（おかしな）もんじゃのう」

去年、もと軍港の町にいる姉の見舞いにいく前に、広島からのバスの途中で、朝日丸のところにより、ぼくはめんくらった。（姉は、近ごろ、よく寝ているらしい。顔の色も青白く、顔つきも死んだ母に似てきた）

だいいち、ほんの何年かのあいだに、近くに造船所ができ、広島に通勤するひとの家もたってまわりがすっかり変っており、朝日丸の家もかなり改造し、観光牧場の牛舎のような、でこでこペンキ塗りの、みょうな建物になっていた。

家のなかは、もっと様子が変っていて、赤、ピンク、グリーン、きいろ、と手品の旗のような派手な色のパンティやスリップ、ネグリジェなどが、そこいらじゅうにぶらさがり、散乱し、もっとめんくらったのは、そのあいだを、赤ん坊がぞろぞろ這いまわっていたのだ。

それも、ひとりやふたりの赤ん坊ではない。ピイピイ、きゅうきゅう、あっちこっちから赤ん坊が這ってきて、それを朝日丸の娘たちが追いかけ、ひっくりかえして、オムツをかえたり、抱いてミルクを飲ましたりしている。

しかも、見たところ、ほんの一、二ヵ月も誕生がちがわない赤ん坊ばかりなのだ。

ぼくがおどろいてると、朝日丸はわらった。

「ほんまに、よわっとるんじゃ。あの明子が、うちももう歳じゃけん、子供がほしい言うてせがむんで、タネをつけてやったら、ほかの娘も、みんな、うちも、うちも、言うて、できてしもうてのう。わしゃ、みんな娘のつもりで、嫁さんのつもりはなかったのに――。ほんま、わしゃ、よわっとるんじゃ」

「ぜんぶ……あの、女房になったのか?」

「ほうよ、十一人ぜんぶ。ひとりだけどかすいうわけにはいけんけんのう。まだ、子ができんのもおるがの。あんた、嫁さん、おるんか?」

「うーん、まあ……」

「わしゃ、あんたにすまんおもうてのう。わしが、あんたに疱瘡をうつしたけん、あれから、とうとう、あんたは頭に毛が生えんで……」

ぼくは若禿げで、兵隊のときの天然痘と栄養失調で薄くなった毛が、もとにもどらないうちに禿げてしまった。

朝日丸は、よわったと言いながら、ぼくが天然痘で頭が禿げ、そのため、嫁さんのきてがないのではないか、なんてよけいなことを心配している。

「この前より、景気がよさそうだな」

ぼくは、家のなかを見まわした。ステレオもあるし、食器棚、洋ダンスとぴかぴか新しいものばかりで、人数がおおいせいもあるだろうが、台所の土間には、レストランの料理場にあるみたいな（これは中古のようだったが）大きな冷蔵庫もあった。

「うん、ゼニは入るんじゃ。こら、こら……」

縞のパンツをはいた朝日丸は、台所の土間にこぼれて泣きだした赤ん坊を抱きあげてきた。縞のパンツからでている、行軍に強かったあの骨ぶとい馬方の足が、だいぶほそくなってるような気がする。

「原爆孤児の女の子や赤ん坊をひきとって育てた、と新聞やラジオにまででたのに、朝日丸は、その女の子を、ぜんぶ自分のメカケにして、ストリップ劇場にだしよるんよ。こんなことが、週刊誌にでも出てみんさい。わたしからきいて、あれを記事にした中塩さんは……」

元子は、キリキリ憤慨していて、ぼくも、ちょっと、ふにおちない気持になった。

「わかったよ。中塩とは、まだつき合ってるのかい？」

「あんなことをやって、つき合えるわけがないでしょ。だからよけい、朝日丸のことも、前だったら、ごめんね、ぐらいですんだかもしれないけど、今では、そうはいかないの」

元子は、方言のない言葉で言った。教室で英語をおしえるときは、こういう言葉でしゃべってるのかもしれない。

「あんなことって？」

「こんなことよ」

元子は、布団のなかで、パンツの上から、ぼくのペニスをつかんで、ふった。かなり乱暴な動作だった。

「いったい、どうする気なん？」

元子は、こちらをむいた。にらんでる目つきだ。去年、朝日丸のところにいったとき、朝日丸は、あの明子が、もう歳だから子供がほしいとせがんだ、と言った。元子と明子はおない歳だ。元子も、来年は三十になる。

そして、元子は、とつぜん、朝日丸が、赤ん坊たちがそろって赤いウンコをした、とひとりではしゃいでた、という話をはじめた。

今年になっても、朝日丸は、何人か赤ん坊ができたらしい。その赤ん坊たちが飲むミルクに、朝日丸は食紅かなにかをまぜ、赤ん坊たちが赤いウンコをした、と手をたたいておもしろがってたのだそうだ。

ぼくはおかしくって、涙がにじむほどわらい、すると、元子はよけい腹をたてた。

「しかし、朝日丸のことで、なんでそうおこるんだ。おまえ、朝日丸とも、なにかあったんか?」

元子は、にらむ目つきでもなくなり、布団のなかで距離をつくり、つくづく、ぼくの顔を見てため息をついた。

「わたし、近頃ときどき、あんたの奥さんの直子さんのことまで、かわいそうになるんよ」

元子のその言いかたも、ため息も、なんとも近親的で、ぼくと元子は、やはり近親相姦なんだろう。

〔初出:「小説現代」1971(昭和46)年6月号〕

ミミのこと

店にかけこんできた女は、ぼくのうしろをとおるとき、ちょっと肩に手をかけて乳房のさきで背中をおし、カウンターのはしに腰をおろすと、奥のベニヤ板の壁のほうをむき、サングラスをかけた。

肉がついたまま髑髏《どくろ》のような顔つきにかわる、大げさなサングラスだ。

カウンターだけのせまい飲屋だから、うしろをとおるとき、女の乳房のさきがぼくの背中にさわってもふしぎではないが、かるくこすりつけるようにしておしたのは、やはりお愛想みたいなものだろう。

女は、いったんおろした腰をあげ、への字にからだをまげ、カウンターごしに、流しのなかから、客が飲みのこしたビールのグラスを、人差指と中指ではさんでもちあげた。

ママはいない。ほかの客もいない。さっき、ママは店の入口のよこのトイレにはいった。そして、女にしては散漫なオシッコの音がしていたが、トイレの戸があき、どーうすりゃいいのさあ……と歌いながら戸をしめ、どこかにいってしまった。ここは、路地の奥のいきづまりの飲屋で、どこにもいけないはずなのに……。

流しからはさみあげた、客の飲みのこしのビールのグラスを、女は、いやに力をいれてにぎりしめている。

にぎっているだけで、口にはもっていかないのを、ぼくが首をふりふり見ていると、女は赤い舌をだした。世の中には、ほんとに赤い舌ってものがあるんだな。

女はわらったのかもしれないが、サングラスのため髑髏顔《どくろ》になっているのでわからない。

店の入口に男がたっていた。しかし、足音はきこえなかった。この路地にだれかがはいってくると、両側の旅館《ドヤ》の裏壁にはねかえって、足音はよくひびく。男の足音か女の足音か、どのていど酔っぱらってるかも、だいたいわかる。この女がはしってきた足音も、ちゃんときこえた。

男は、だまって立って、店のなかを見ていた。うしろにもうひとり男がいる。二人とも、からだをななめにしていた。せまい路地なので、からだをななめにしないと、肩がドヤの裏壁にくっつく。しかし、がっしりした幅のひろい肩だった。

二人の刑事は、だまって、ぼくと女を見ていたが、路地をひきかえしていった。こんどは足音がした。

その足音が消えると、女はにぎりしめていたビールのグラスを手からはなし、サングラスをとった。

ぼくは、自分が首をふりながら女のほうをみつめていたわけがわかった。

やっぱり、そうだった。ミミだ。

むかし、パンパン狩りというのがあった。M・Pが中型のウィポン・キャリアや、ときには、大型のGMCのトラックできて、通りにたってる女たちをとりかこみ、トラックのなかにひっぱりあげた。女たちは、（男どもが、おおっぴらにはアメリカ人に言えなかった）らんぼうな悪口をM・Pにわめきたて、いくらかお祭りさわぎのような気分もあって、見てる者はたいていわらっていた。

そのまた昔には、学生狩りというのもあった。が、両方とも、今でもやっているらしい。

それはともかく、ミミにはじめてあったのも、パンパン狩りから逃げてきた夜だったのかもしれない。


目をあけると、石の天井の下に、女の顔がうかんでいた。それが、額《がく》の絵をたおしたみたいになっている。明りとりの窓の枠のなかで、女の顔がよこになってたのだ。顔の下に手があって、明りとりの窓をたたいた。この音で、目がさめたんだろう。

天井も床も壁も、ぜんぶ石でできた地下室には、壁によせて、十ばかりベッドがならんでるだけで、ベッドのなかには、だれも寝ていなかった。

ぼくはベッドの上にたち、よこになった女の顔を見あげた。髪がななめに目にかぶさっている。女は、明りとりの窓をあけろ、と言ってるらしい。だれかが明りとりの窓をあけるのを見たことはないが、おすと、あくようになっていた。

手が埃でよごれ、かなり厚いガラスの明りとりの窓がきしんでうごき、しめっぽい夜の空気がはいりこんできて、よこになった女の口がひらいたが、声はきこえず、ぼくはベッドの上にたっている膝がガクンとなった。

ここは、戦争に負けるまで、海軍の鎮守府《ちんじゅふ》司令部があったところだそうだ。その鎮守府のなかでも司令官がいる司令部の建物だったらしい。天井から床までぜんぶ大理石かもしれない地下室なんて、そうあちこちにあるものではない。

しかし、地上の建物は、みんな空襲でやられていた。それがまた、空襲の跡のパノラマみたいな、みごとな焼け跡なのだ。

焼けた柱が（内部《なか》は、いろいろ材木もつかってたようだ）くろぐろとひかって天をさし、その裂けかた、爆風の強さをしめすかたむきかげん、ふっとびかたなど、さいしょここにきたとき、ぼくはしばらく（たぶん、惚れ惚れと）足をとめてみつめた。

さすがは鎮守府司令部の焼けた跡はちがうもんだ、と感心したのは、ぼくだけではあるまい。その証拠に、恨めしい角度にかしがった黒焦げの板をけずった炭で「南無八幡大菩薩」とか「帝国海軍万歳」とか「神州不滅」とか書いてある。これは、帝国海軍なんかなくなったあとの、つまり美的な落書きだろう。

また、そこいらの石っころまで白いペンキで塗りつぶす米軍やＢＣＯＦ（英連邦軍。接収され、ここは英連邦軍の司令部になっていた）の連中が、ここだけ、こんなままにしていたのはやはり、焼け跡っぷりが気にいってたのかもしれない。

しかし、あの夜、ミミはどこからはいりこんできたんだろう。まだ日本人の警備員《ガード》はいないころだったが、なにしろ、もと海軍鎮守府の英連邦軍の司令部だから、ゲートには米軍のＧ・Ｉなんかとちがい、もっと赤いのや白いのや、きんきらごてごてくっつけたスコットランドの衛兵あたりが、やはりアメリカのＭ・Ｐなんかよりしゃちほこばってたってたし、それに、地下室の明り窓は建物にかこまれた内庭にむいていた。

パンパン狩りから逃げてきたとおもったのは、ミミが逃げる真似をしてみせたからだ。

この町のパンパン狩りは、あまりおもしろくなかった。東京の有楽町や上野の公園下のパンパン狩りみたいに、見物人がいないので、女たちがＭ・Ｐの悪口を言っても、お祭り声がでず、かん高い悲鳴になる。

それに、わっと取りかこんで、カツオでも釣りあげるといったぐあいでなく、もと軍港のあまり人通りがない道を、ひとりずっとねらいをつけて、追いかけ、追いつめて、女をつかまえる。

だから、針金の輪をもった犬捕りのやりかたをおもわせ、おまけにＭ・Ｐの車には金網がはってあり、金網のなかで、女どうしがヤケになって抱きあい、腰をつかって見せても、犬捕りにつかまって、死ににいく犬が檻《おり》のなかでうしろからのっかり、つがってるような感じだった。

ともかく、パンパン狩りの車の金網のなかにいれられたミミの姿を想像すると、サマになりすぎていけない。キャンキャンわめきたてるからではない。兎《うさぎ》みたいに、ものがいえないからだ。「神州不滅」の焼け跡の石段のほうから、ミミを地下室にいれてやると、ミミはぼくのとなりのベッドに腰をおろし、そして、また立ちあがると、M・Pの腕章をまき、棍棒《こんぼう》をもって、(三島由紀夫のヘイタイさんみたいに)軍帽の庇《ひさし》を深くさげた英連邦軍のM・Pが車のハンドルをにぎって追いかけ、その前を息をきらして(ハアハア胸をたたき)逃げていく身ぶりをした。

ただ、ぼくは、ものがいえない相手とのおしゃべりには慣れてなくて、ミミよりもこっちが間がわるいような気持になったんじゃないかな。

ミミは、てのひらをあわせて目の下にもっていき、首をよこにして、童謡歌手がよくやるお睡《ねむ》のポーズみたいなのをつくり、ぼくはこまったとおもうが、こまる、とは言わなかっただろう。

ぼくは子供のときから、おふくろに意志が弱い、と言われてきた。しかし、意志が弱いのを、意志の力でなおそうというのは、論理的にも実際にもむりなはなしで、なんだかずるずるべったりにくらしてきたが、意志が弱いのも、それでつらぬきとおせば、そういう生きかたもあるかもしれないとも考えたけど、頭のなかだけの考えで、だいいち意志が弱いのとつらぬきとおすなんてことは、まるで逆のことだ。

しかし、こまってもあたりまえで、どこかの女を泊めたことが、C・Q(当直)の将校や下士官にバレれば、もちろんおこられるし(Fire!――……クビだと言われてもしかたがない)それに、兵隊にはわからなくても、ぼくは、この旧海軍鎮守府司令部の石の地下室では、いちばんの新入りだ。

ぼくは、十日ほど前から、司令部のある丘の下の兵隊の食堂《ソルジャーズ・メス》につとめだしたばかりで、食堂のなかでもサイテイにつまらないメス・ボーイだった。

食堂《メス》関係でいちばん威張ってるのは、もちろんコックで、つぎは皿洗いのK・P、そして最後が食堂《メス》ボーイだ。

それに食堂《メス》ボーイ（アメリカならばバスボーイ）というのはボーイのうちでも最低で、丘の上の将校食堂《オフイサーズ・メス》ではちゃんとウェイターとよんでいる。

ぼくは、兵隊のときも二等兵のままだったし、自分がいちばん下っぱなのは、いくらかあたりまえの気持でいたが、上からだんだんに腹をふくらましていって、下っぱのぼくたちまで残り物がこないことがあるのはかなしかった。

コックだって、皿洗いのK・Pだって、食堂《メス》ボーイだって、職種がちがうだけで、K・Pとは給料《ペイ》もおなじぐらいだし、上も下もあるもんかとおもうけど、残り物の分配で、はっきり上下ができちまう。

いや、分配なんてものではなく、まず、コックがとって、つぎにK・Pがたべ、もし余ったら余ったものを食堂《メス》ボーイにってわけだ。

ミミが明り窓をたたいた夜も、たしか、みんな残り物がなくなって、チキン・スープだけになり、チキン・スープにはライスをいれてるから、鍋の底にしずんだふやふやのライスを料理用のスプーンですくい、一列にならんでまってる食堂《メス》ボーイのボールのなかにいれてくれてたが、ぼくのなん人か前で鍋がからになり、係りのK・Pが鍋の底を見せて、大きなスプーンで、カリカリ・チン、とたたき、しかたがないので、パン屑でもかじり（パンを切るのは食堂《メス》ボーイの仕事なので炊事班長《メス・サージャン》の目をかすめて、なるべくパン屑をつくっておく）水でも飲んで、石の地下室のベッドで寝てたんだろう。

外国の脱走映画の捕虜収容所のシーンではマンネリの画面で、ぼくたちのほうでもマンネリだったが腹がへるマンネリっていうのはなさけない。

もっとも、文句を言えば、日本人従業員に食事をだすことは雇用契約《コントラクト》にはない、と炊事班長《メス・サージャン》にどなられ、今後、日本人にはいっさい残り物はやらないことにする、なんてことになる。

口惜《くや》しいのは、兵隊たちがたべおわった皿を洗い場のK・Pのところにはこぶのは、ぼくたち食堂《メス》ボーイだけど、K・Pどもは皿のたべのこしを、残飯罐《ギャベージ・キャン》にすてるとき、めぼしいものがあれば、口のなかにほうりこむ。

ところが、ぼくたち食堂《メス》ボーイが、よごれた皿を洗い場にはこぶ途中で、残ったものを口にいれたりしたのを見つかったら、すぐクビだ。

海軍鎮守府司令部の焼跡の石の地下室には、たぶん十ぐらいのベッドがあった。ベッドといっても、組立式のズック張りの野戦用のやつで、ほんとはベッドではなくて、コットと言っている。

この十ばかりのコットは、持主があるようでないようだった。もっとも、兵舎《バラック》のボイラーマンの旦那のコットには、ほかの者は寝ない。K・Pのジョニーとトミーとビリーのコットも、アメリカの雑誌のエスクァイヤからはがしたピンアップ・ヌードがコットの上の石の壁にはりつけてあったりして、自分のコットがきまってたようだ。

しかし、明り窓の下の（ほかにも明り窓はあったが）ぼくのコットは、前は、だれのコットだったかはしらない。それに、夜かえってきて、だれかがぼくのコットで眠ってれば、ぼくはほかのコットに寝た。あいてるコットがなくて、床に寝たこともあるが、石の床は、コンクリの床とちがって、なにか湿った感じでつめたかった。

そんなわけで、ぼくのとなりのコットも、上の将校食堂《オフィサーズ・メス》のウェイターの坂田が、ときどき寝ていたが、その晩は、ぼくのほかはだれもいなかったから、もちろんあいていて、ミミがお睡《ねむ》のカッコをしてもぐりこむのを、ほかのコットもずらずらあいてるんだし、ぼくはことわれなかったんだろう。

だけど、どこのだれだかわからない女を（いや、わかっていても）ぼくが泊めてやったりしたら、おそらくクビになるだろうし、まだ働きだしたばかりでクビにはなりたくない。

それに、いちばんの新入りで、旦那やジョニーたちみたいに、この石の地下室の住人としてみとめられてるわけでもないぼくが……おふくろが言うとおり、意志がよわいんだな。

ミミはとなりのコットに寝る前に、枕をこちら側にまわした。ぼくはねむれなくて、おきて便所にいき、しかたがないから、また地下室にもどってきて、電灯をけし、自分のコットにははいった。

さいしょ、ぼくは、かなり寝ぼけてたとおもうが、その音がなんの音だかわかったようだ。はじめてきく音が、なんの音かわかったというのは、ぼくにも常識みたいなものができてきてたからだろう。（こういう常識が、つまり身についてきて、どこかの女と日常的に寝ることがあたりまえになり——つまらない理屈だが、毎日みたいにやってることでも、日常的とはかぎらないけど——結婚ってことになるのではないか。結婚というものが常識的だというのは、そういったことではないのか）

となりのベッドが舟をこいでる音だ。ベッドと言っても、軍用の組立式のコットで、だから、寝るときなどは、ギイコラ音がするが、こんなにステディに舟をこぐような音がするのは、コットの上でニンゲンが運動をしているからで、また、ひとりで運動をする者はいない。

そのうち、息をする声がきこえた。ぼくの頭のすぐむこうで、息をたてている。

その声が、声帯模写の蒸気機関車の音みたいに律義にデクレシェンドに高くなり、ミミがとなりのコットに寝る前に、枕をこちら側にまわしたのを、ぼくはおもいだしてたが、その息は男の息だった。

やがて、息の音がやみ、べつの音がして、コットが、さっきの舟をこいでたときとはちがうきしみかたをし、ぼくの頭の上の空気がうごき、目をあけると（それまでは、目をつむったまでいた）部屋のなかがいくらか薄あかるくなっていて、裸の尻が旦那のコットのほうにあるいていっていた。

旦那は自分のコットにはいると、大人っぽい咳《せき》をして、毛布をひっかぶり、すぐいびきをかきだした。旦那はいびきをかく癖がある。

咳もそうだし、旦那だけが、この石の地下室で大人のようだった。歳もだいぶちがっていて、旦那は軍隊で進級のはやい下士官候補でもポツダム軍曹だったというから（もっとも、これはウソの可能性もある）二十五ぐらいにはなってたかもしれない。そのつぎに歳をくっているぼくが二十一、ジョニーたちは、二十以下《はたち》でビリーはまだ十六だ。

旦那というのは、ジョニーたちがつけたあだ名で、かげで悪口を言うときは、お旦那とおの字をくっつけた。

旦那自身も、ほかのガキたちとはちがうとおもってるはずだ。だから、顔もオジさん面で、焼跡の地下室に防火責任者みたいなものをつくったときは、みんないやがったせいもあるが、旦那が責任者になった。

旦那のコットがきまってたのは、毎晩、旦那がこの地下室に寝てたからだ。昨夜《ゆうべ》も、ミミがきたときはいなかったけど、ちゃんとこうして、かえってきている。

しかし、旦那には女房があるらしい。子供もいる、とジョニーは言った。ともかく、旦那はあまり無駄使いみたいなことはしなかった。

旦那が自分のコットにもどり、いびきをかきだしてから、ぼくは便所にいった。昨夜から、便所にばかりいっている。

ミミは目をひらき、じっとこちらを見ていた。まだ夜があけきらない前のうす暗がりのなかで、その目が、なにかの動物の目みたいにひかってたイメージがあるが、これは、(白黒の)外国映画のシーンあたりから借りてきた偽のイメージだろう。

動物の目というのには、そういう表情がありそうだ。しかし、あとになってからのことをおもいだしても、ミミがなにか表情のあるような目をした記憶はない。

ミミは口もきかないが、目も、いつもだまってる目だった。

ミミはぼくを見あげ、ぼくがコットにはいるのを、首をまわしてみつめていたが、コットをおりて、ぼくの枕もとにたった。

だから、こんどは、こっちがミミを見あげてると、ミミは片手をぼくの頭をこしてコットの壁ぎわにつき、かたっぽうの足をぼくの毛布にいれ、からだをおしこんできた。

そして、その途中で、ぼくはよこになり、ミミのからだに腕をまわして、抱きいれるようにしたにちがいない。

野戦の携帯用の幅のせまいコットなので、こっちがあおむけに寝たままでは、ミミのかたっぽうの足がやっとはいるくらいだ。よこになっても、むかいあってるだけでは、あちこちじゃまで、からだがこぼれちまう。

だから、ぼくは腰をひいたり、腕をさしかえたり、もさもさうごいてみたが、ミミが首をふるので、「え?」とうごくのをやめると、ミミのからだが、弾力のあるシロップかなにかのように、ぼくのからだの凸凹にとけこみ、ぼくは甘ったれて溺死したような気分になり、そのまま、ずっと、ミミと抱きあっていた。

ぼくは旦那のことを考えただろうか。旦那とミミがしたことを……。

やはり、ちらちら頭にうかんでたにはちがいない。しかし、もともと、ぼくには、考えるってことはあまりできないような……やったことがないような気もする。考えるってことには、やはり力がカンケイありそうだ。だけど、ぼくの頭には力がはいらない。

そんなことより、ミミのからだがやわらかく、あったかく、においがし、そして、そういったことをどんなにかさねても追いつかないほんものの――ということは、げんに、ぼくがこうして抱きあってる――女のからだで、ぼくはとろとろにいい気分で、ひとのことなんかどうでもよかったのではないか。でも、ひとのことかな、なんてひっかかってる気分ではなかったとおもう。

こうして抱き合ったまま、朝の光がさしこんでくるまでのあいだに、ぼくは眠ったのだろうか。

あれだけ胸をドキドキさせ、もちろん、下のほうもかたくして……それでも、やっぱり、ぼくは眠ったのか。目がさめると、ミミはいなくて、毛布がミミのにおいがし、ぼくはだいじな動物を逃がしたような気がした。

ぼくは、子供のときから、犬や猫や動物が好きで、しょっちゃう抱いてまわったり、山羊《やぎ》を抱いて寝たこともあるが（山羊は、見かけよりもゴツゴツ骨っぽかった）ミミのからだは、そんな動物なんかより、だんぜん動物っぽくていい気持で、ぼくは、女ってほんとの動物なんだな、とショックみたいに感じた。

「ハッピイさん」というあだ名が、ぼくにできかかっていた。このあだ名をつけたのは、オーストラリア人の炊事班長《メス・サージャン》だ。

食堂《メス》ボーイになって三、四日目に、食堂の床をモップでふいてるときに、ぼくは、「ハッピイ？」と言われ、すこしびっくりして、目をあげると、炊事班長《メス・サージャン》がたっていた。

生姜《しょうが》色のモミアゲの毛をはやした炊事班長《メス・サージャン》は、「ハッピイ？」とくりかえし、ぼくは、やっと、ハッピイという音が、頭のなかでハッピイという言葉になり、ニコニコした。

「イエス、マイ・ネーム・イズ・ハッピイ」ぼくの名前は幸夫《さちお》だ。

「ユア・ナイム・イズ……」炊事班長《メス・サージャン》は口をあけ（この連中の英語では名前《ネーム》がナイムになる）

「ハッピイ！」と言って、ヒヤッ、ヒヤッ、というような声をだしてわらった。

それから、炊事班長《メス・サージャン》はぼくのことを、「ハッピイさん」とよびはじめたのだが、「ハッピイさん」とよばれるときは、たいてい叱られるときだった。

爪がきたない、靴がきたない、服がきたない、食堂《メス》ボーイは清潔でなくちゃいけない、と炊事班長はおこった。

靴がきたないのは、もともときたない靴だからしかたがないが、ほかの食堂《メス》ボーイたちとおなじようにリネン・チェンジ（洗濯物の交換）にいき、白いユニホームに着がえても、ぼくはいつもきたないユニホームを着ていた。

（性格で、着てるものがよごれるだろうか。兵隊のときも、ぼくはきたない兵隊だったが、兵隊のくせに、敬礼もちゃんとできなかったことにもカンケイがあるのではないか。運動神経あたりにもカンケイがあるのではないか）

炊事班長《メス・サージャン》が、なぜ、さいしょ、「ハッピイ？」とたずねたのかもわかった。食堂の床をモップでふきながら、ぼくは歌をうたっていたのだ。

ぼくは歌が好きだが、そのころは、うまく声がでなかった。マラリヤや栄養失調で声がでなくなることがあるんだろうか。

ともかく、そのころのぼくは、およそ、ハッピイな状態には見えなかった。

終戦から丸一年目の八月、上海から病院船の氷川丸でぼくは復員してきたが、内地についてもぼくは病院にいれられ、どうしてもうちにかえりたい、と言うと、医者は、敗戦後の日本で、国家の費用で療養できる者はごくわずかだから、といっしょうけんめいとめた。

うちにかえりついたのは真夜中だったが、暗い坂道をあがるとき、マラリヤの悪寒《おかん》がし、あくる日の昼ごろ目をさますと、おふくろが、「ひどい顔だねえ」と鏡台の前にひっぱっていった。

(ぼくは、べつに、鏡のなかの自分の顔がそんなにひどい顔だとはおもわなかった。ひどい顔をひどい顔だと感じないくらいひどい状態がふつうになってたんだろう。白眼はきいろくにごって、髪の毛は薄くぬけおち、顔の色は土色で……と、おふくろは、そのひどさかげんを、本人のぼくに説明してくれた)

だから、炊事班長《メス・サージャン》が「ハッピイ?」と言ったのは、たぶん皮肉だったんだろう。

このオーストラリア人の炊事班長《メス・サージャン》は、ニューギニアで日本軍の捕虜になったそうで、そのせいかどうか、日本人の従業員にわりとじめついたいじめ方をしたり、皮肉を言ったりしたが、炊事班長《メス・サージャン》としては捕虜収容所で日本流のユーモアをおぼえたつもりだったのかもしれない。

また、もし、「ハッピイ?」とたずねたのが皮肉でなければ、なにかの生き物というより、泥か土にちかい顔の色した、老人臭がする男が――二十一歳のぼくを、兵隊たちはオールドマン(じいさん)とよび、死にかけたじいさんのにおいがするといった――わりとしあわせそうに歌みたいなのをうなってるのを見て、ふしぎな気がしたにちがいない。

「ハッピイ?」

たずねたのはエンジェルだった。エンジェルというのが、本名なのかニックネームなのか、ぼくはしらない。エンジェルは食堂《メス》の若いオーストラリア兵だ。

「イエス、アイ・エム・ハッピイ」

ぼくはこたえた。夕食のセットをしながら、ぼくは、でない声で歌をうたっていた。目をさまして、毛布にのこったミミのにおいをかいだ日の午後だ。

「ユー・アー・ハッピイ?」

ぼくはエンジェルにきいた。エンジェルは、右の手首に王様の紋章のような刺青をしていて、それに二つの文字が彫ってあり、なんだとたずねたら、親父《ダディ》とお袋《マミィ》の名前だと言った。

「わからない」エンジェルは、ぼくがセットしたフォークをとりあげ、また、もとにもどしてこたえた。「しかし、たぶん、おれはハッピイじゃないとおもう」

エンジェルは、なんだか考えこんだようにむこうにいき、ぼくは歌をつづけた。

〽波の背の背に　ゆられてゆれて
　月の潮路の　帰り船
上海から氷川丸にのって、やっと内地につき……やっとなんて言葉をつかっても、テレくさくもなく、ただうれしいだけだった……しかし、船内にコレラがでて、一カ月上陸できなかった。

炊事班長《メス・サージャン》が料理場《キッチン》からでてきた。

「ハッピイ?」

「イエス、アイ・アム・ハッピイ」

炊事班長《メス・サージャン》はぼくの靴に目をやった。中学の二年か三年のときに買ったズックの校内靴だ。復員し、うちにかえってから十日目に（十日間は、ほとんど寝ていた）食堂《メス》ボーイにやとわれることになったとき、おふくろが、どこからか、さんざんにやぶれたこの中学時代の校内靴をひろいだしてきて、縫ってくれ、棄てないでよかったねえ、と言った。

「なぜ、そんなにハッピイ？」

炊事班長《メス・サージャン》はきいた。皮肉ってるというより、うさんくさがってる目つきだ。

「なぜなら……」

と言いかけて、ぼくはわらっちまった。ハッピイである理由なんか、なんにもありゃしない。九里浜の病院をでるときにもらったキニーネは、もうなくなった。さいわい、寒気はすることがあっても、あのはげしいマラリヤの熱はでないが……いや、それがさいわい（ハッピイ）だろうか。

昨夜は、チキン・スープの鍋の底にしずんだ米つぶをたべそこねた。今朝はオートミルの残りをたべたが、ミルクと砂糖でなく、塩をかけてたべるオートミルは、麦の正体をあらわしたようだった。（しかも、オートミルは麦ばかりじゃないか）

おふくろが縫いあわせてくれた中学時代の校内靴は、もうほころびている。

それに、食堂《メス》ボーイというのは、たいへんな仕事で、日がくれるのを見たことがない。ここは海っぱたで、夕食がはじまるときは、窓からまだあかるい日の光がさしこんできてるのに、夕食がおわり、ひょいと気がつくと窓の外は暗くなっている。行軍でもないのに、部屋のなかをあるいているだけで、足にマメができ、今朝は足にケイレンがおきた。

あ、それで目がさめ、そしたら、ミミがいなかったのだ。ぼくは炊事班長《メス・サージャン》に言った。

「山羊と寝たことがあるか？　やわらかくて、あったかくて……」

「なに？」炊事班長《メス・サージャン》のこめかみがうごいた。すごく汚いことを言われたとおもったらしい。「手を出せ」

ぼくは両手をだし、炊事班長《メス・サージャン》は、ぼくの爪を爪ではじき、「こんな汚い爪で、テーブルのセットをしてたのか。爪をきれいにしろ。その前に、まわってこい」と最後の言葉は日本語で言って、兵器庫の前の松の木をゆびさして、ぼくはうんざりした。

ニューギニアで日本軍に捕虜になったとき、炊事班長《メス・サージャン》は、この「まわってこい」をおぼえたらしい。

終戦後九カ月ぐらいたち、ぼくたちの部隊が湖南省の境あたりから南京までさがってきて、いくらか食べられるようになると（引揚げの民間人が食べ残してゴミ箱にすてたメシをつかんでたべたりした）ぼくは、マラリアと栄養失調の骨だけになった足が衛生サックをふくらましたみたいにふくらみだした。それは脚気《かっけ》だそうで、おさえると、指の第一関節のあたりまでしずむ。

そんな足ではしるのはつらいが、それより中学の寄宿舎から軍隊までつづいたいびられ方を、戦争が負けたあともやらされるなんて、バカみたいだ。

兵器庫の前の松の木をまわりながら、おれはハッピイかな、とおもったらおかしくなったが、息がきれてわらえなかった。

ミミにあった。目がさめたらミミがいなかった朝から何日かたったあとだ。

またミミにあえる、とぼくはおもってただろうか。あのあと、ぼくは、なんども、毛布に鼻をくっつけて、においをかいだ。ミミのからだのにおいがまだ残ってるようでもあるし、ただ毛布くさいような気もした。

しかし、前はこんなに毛布がやわらかだっただろうか。ミミのからだのやわらかさが毛布にうつるってことがあるだろうか。

食堂《メス》の仕事がおわって、丘の上の焼け残った地下室にあがっていく途中でミミにあった記憶があるが、ちがってたかもしれない。

この丘のむこうは海で、丘をのぼっていくと、それだけ海がのびて広くなり、その海のむこうに夕陽が沈んだ。

いや、夕陽をバックにミミが丘の中腹にたっていたというのは、たぶん、ぼくのデッチアゲだろう。

ミミとむかいあったぼくの姿が見えそうだが、自分の姿が見える記憶は（映画じゃあるまいし）たいていインチキだ。

しかし、ともかくミミとあい、宮様のトイレで、はじめて男と女がすることをしたのはまちがいない。

「宮様のトイレ」は鎮守府司令部の惚れ惚れパノラマ的な焼け跡の隅にあり、天井はないが、ここだけ、白く荘重に残っていた。

掃除や草むしりの雑役《ジャニター》のおじさんやおばさんたちが、仕事のあと、この「宮様のトイレ」で顔や手足をあらうので、ほかは黒っぽい残骸のなかで、便所の白い大理石がぴかぴか目立ったのかもしれない。

（草むしりのおばさんたちが、モンペを脱ぎ、まっぱだかになって、水をあびてるのを、英連邦軍の前の司令官が見てびっくりし、おばさんたちのシャワー・ルームをつくったが、そちらはほとんどつかわず――洗濯ができないとかで――今でも、草むしりのおばさんたちは、こっちでからだをあらっている）

ともかく、朝顔からキンカクシまで総大理石のすげえ便所で、豪華なんてものじゃなく、天井なしの焼け残りになっても、かたじけなく森厳《しんげん》な感じさえし、鎮守府司令長官なんかより、もっとやんごとない方がおみえになったときだけつかったものではあるまいかとだれかが言いだして、「宮様のトイレ」という名前ができたらしい。

ミミはかたじけない大理石によこになり、その上にぼくはかさなり、たしか、さいしょは、ズボンのなかにもらしたんじゃないかな。

ぼくは兵隊にいってても戦争はしなかったけど（ほんと、突撃なんてことをやらないですんでよかった）いろいろ死ぬのは見てきたが、男と女のことをするのははじめてで、ミミと抱きあって寝たときも、ただ抱きあってただけだった。

だから、やりかたをしらなかったと言えば、Ｙ談みたいだけど、ま、そのとおりだし、それまでトマトをたべたことがなかったから、トマトがたべられない、なんてこととはまるっきりちがうだろうか、そんなところもあったはずだ。

しかし、そのつぎは、ズボンも脱いでかさなり、すぐおわってしまったが、はじめて自転車にのれたみたいな（ほかに、くらべようがないからさ、ほんとは、それともぜんぜんちがうけど）気分で、ぼくは、ズボンをはかないまま、ミミが石の地下室の明り窓からのぞきこんだときのことを、両手を前にもってきてたらし、ドロドロドロ……とユーレイの真似をしてみせ、ミミは、ぼくが腰をぬかしてベッドにひっくりかえるふりをして、二人でわらった。

それから、宮様のトイレの大理石の床にならんであおむけになり、ミミは自分の胸をゆびさし、耳をひっぱり、ミミ、ミミ……とくりかえし、自分の名前を言ってるんだとわかった。（本名は、まゆみというらしい）

だから、ぼくも、サチオ、サチオ、と自分の名前をくりかえしたが、ミミは、さいしょのサにちかいザみたいな音だけしかでず、あとはだめで、首をふり、ため息をついた。

だけど、ミミはため息をつきながらニコニコしており、ぼくは、ひょいと、「ハッピイ？」とたずねた。

ミミは、ぼくを見あげ、耳をすますようにした。もちろん、ミミには、ぼくが言ってることはきこえない。しかし、あとになってからも、ずっとそうだったが、ミミは、いつも、こんなふうに、きこえないぼくの言葉に耳をすましていた。

これは、はなしてるぼくにたいするエチケットでも、いくらかおセンチなポーズでもなく、ほんとに、きこえてこない言葉に耳をすましてたのかもしれない。

ぼくは、「ハッピイ?」とくりかえし、すこしアホらしくなったとき、ミミの口がひらき、ア……と高い声をだしてから、くちびるをあわせ、ビ……と言い、ぼくの胸をゆびさした。

ハッピイが、ぼくの名前だとおもったらしい。だけど、ぼくはハッピイさんじゃないか。

それに、脚気で足も下腹も腫《は》れ（まだ栄養失調だろう）その日の夕食も、コックや皿洗いのK・Pが残り物をほとんどたべてしまい、やたらすっぱいサワー・キャベツだけぐらいしかのこってなく、炊事班長《メス・サージャン》や食堂の兵隊たちが、ハッピイさん、とバカにしても、ハッピイ（みたい）だから、どうしようもなく、ほんとにハッピイか、なんて考えてるひまもない。

「そう、ハッピイ」

ミミの耳にさわった手で、ほっぺたをついて、「ミミ」と言うと、ミミが、そのぼくの手をにぎって、こちらの胸にあてて、「ア……ビ……」とくりかえし、ぼくはバカみたいにハッピイだった。

仕事がすみ、焼け残りの石の地下室におりていくと、ミミがいた。宮様のトイレの大理石の床に寝た夜の、翌晩か、もっとあとかはおぼえていない。

ミミとは、いつも、(ぱったり)あうだけだ。ミミが耳がきこえず、口もきけず、文字もしらなくて、約束がしにくいからではあるまい。

だいいち、ミミと別れたときの記憶というのがない。宮様のトイレの大理石の上で、はじめて男と女のことをした夜も、どんなふうにしてミミと別れたのか?

もしかしたら、バイバイ、と手をふって別れたりしたことは一度もなかったかもしれない。

海軍鎮守府司令部の焼け跡の地下室は、めずらしくジョニーもトミーもビリーも旦那も、予科練あがりの平田もいて、やたらさわがしく、ぼくは、すこしめんくらったが、あいたコットの枕もとに腰をおろしたビリーのからだのうしろから、白い(いやに白く見えた)腕がでて、こちらにむかってふり、ミミがそのコットに寝ていた。

ミミの腕が白く見えたのは、ひとつは、たぶん服を着てなかったからで、スリップ(そのころは、シミーズといったが)の紐だけがかかった肩から、ほっそり白い腕がのびていたのだ。

ミミが明り窓をたたいた夜、旦那が裸の尻をむけて自分のコットにかえったあと、ミミがぼくのコットにうつってきたときも、服もスカートも着たままで、宮様のトイレの大理石の床に寝たときも、たしか、ミミは服を着ていた。

「実況放送大会をやるんだよ」ジョニーが説明した。「このねえちゃんは啞《おし》だから、みんなで、かわりばんこにのっかって、どういうぐあいか実況放送をするってわけさ。ハッピイさんもやるかい？　もう順番のクジ引きはすんだけどよ」

「ミイ・ナンバー・ワン」

ビリーがミミの白い腕をつかんだ。ビリーは、まだ十六歳になってないはずだった。ヘア・オイルをべっとりつけたリーゼントの頭で、アメリカ軍の部隊にいたときもらったとかいうギャバジンのズボンをはき、それにいつもアイロンをかけていた。

しかし、ぼくはどんな顔をしただろうか。ミミにはじめてあった夜、旦那がさっさとやっちまったときよりも、もっとかなしい気分だったことはたしかだろう。なにしろ、宮様のトイレでミミと寝たあとだ。

だけど、みんなを相手にけんかしても負けるとおもってだまってたのか。ミミがスリップだけになって、もう、コットにはいり、けっこうはしゃいでたから（耳はきこえなくても、どんなことをされるのかは、わかってたはずだ）ぼくはひっこんでたのか。あるいは、それをいいことにして、いくじがないのをゴマカしていたのか。ま、ふてくされた気持でニヤついてたんじゃないかな。

「この焼け残りの地下室で寝る女は、広場の女だ」と、いつかジョニーが言った。「だれかにきまってる女はどこかよそで寝てくれ」

ジョニーとビリーとトミーは浮浪児あがりだった。上陸しはじめの進駐軍の部隊にいた浮浪児は、G・Iたちの軍服を仕立てなおした服をきて、西洋の兵隊人形のようで、すぐ浮浪児だとわかった。

しかし、ジョニーだけは、いつも、油のしみがある上下つなぎの作業衣《ファティーグ》を着ていて、ときどき、広場の女、みたいな言いかたをした。

トミーは三人のうちでは、いちばん歳が上だったけど、もしかしたら、かなり頭が悪かったかもしれない。トミーは日本人仲間ともほとんどはなしをせず、だまりこんでたが、頭のはたらきがにぶくて、おしゃべりができなかったのではないかという気がする。

だが、そのため（いい服装《なり》はしてるし）下士官食堂《サージャン・メス》のウェイトレスあたりは、トミーをニホン語ができない二世だとおもってたようだ。

「実況放送」のことは、あとでよくはなしになった。「唖の女をおれたちの地下室にひっぱりこんでよ。みんなでヘギまわして、かわりばんつ、そのときの感想を実況放送すんだよ。トミーなんか、おめえ……」といった調子だ。

しかし、トミーは、そのあいだ、れいによってまるっきりだまっていて、コットがギイギイいう音がやみ、ジョニーが、「すんだのか？」とたずねたら、しばらくして、「うん」とこたえただけだった。それを、電灯をけして自分のコットにはいっていたみんなが、手をうって、大笑いしたのだ。

旦那のときも、あの晩みたいに、いそがしい息をしだすと、みんながふきだしたにすぎない。

ジョニーは言いだしっぺだから、張り切って実況放送をした。「ただ今、まだ毛、をかきわけております。ガサゴサ・ガサ……この音をおききください。さて、腰にモーションをつけ、いれました、はいりました、とおもったが、はずれました。アナちがいです。この娘《こ》、焼け跡、アナぼこだらけ。こんどは……だいじょうぶ、配達ちがいではありません。はいっております。ずんずんはいります。関門トンネルです。ああ、いい気持……」

だけど、ジョニーの放送は、あまりウケなかった。みんながいちばんわらったのは、トミーが「うん」とひとことだけ言ったときかもしれない。

ぼくは、コットのなかで目をとじて、つまらない、つまらない、と口の中でつぶやいていたが、予科練あがりの平田がジョニーにかわってから、目をあけた。平田がミミとかさなって、コットの音をさせながら、歌をうたいだしたのだ。

〽轟沈《ごうちん》、轟沈、凱歌《がいか》があがりゃ

どんな苦労も苦労にゃならぬ

それが、歌の文句とも、またコットを漕《こ》ぐ音ともまるで調子がちがう、なんだか恨めしそうな声だった。

平田は、ぼくとおなじ中学の一級下で、たしか体操部にいた。まだ、そんなに予科練にいく者はいなかったころで、学校の成績もあまりよくなかったんだろう。両親がないともきいた。

平田は歌いおわると、ぶつぶつしゃべりはじめた。

「貴女《あなた》には、ご厄介になりました。貴女のおかげで、われわれは死ぬ気になったんじゃなかろうか。おぼえてないだろうなあ。貴女は、二千人もの特攻隊とやったっていうからなあ。われわれは水雷艇要員です。大竹の潜水学校をでて、沖縄にいくために、この軍港で待機中、貴女のところにいった。岸本分隊士がつれていった。女郎買いとはちがうぞ、と岸本分隊士は言った。ヤミの料理屋で、だから、ヤミの芸者みたいなもんだが、特攻精神に燃えとる女だ、と岸本分隊士は言った。そして、貴女たちがモンペをはいてきて、灯火管制の覆《おお》いをかけた電灯の下でモンペを脱いで、酒をついでくれ、踊った。貴女は啞で耳がきこえず、三味線にあわないで、われわれはわらったが、貴女もわらってた。貴女と寝たのは、おれと玉岡と大友だ。島川と宮地は、べつの女と寝た。これで、さっぱりして死ねるだろ、と岸本分隊士は言い、われわれは、はい、とこたえた。しかし、沖縄にはいかず、のる水雷艇もなく……つまり人間魚雷だけど……宮崎県の海岸にタコ壺を掘り、大友は宮崎で、パラチフスで死んだ。お世話になりました。おわり」

翌日、ぼくは、「ミミが二千人の特攻隊としたというのは、ほんとか」と平田にきいたら、うん、とわりとぶっきらぼうにうなずいて、むこうにいってしまった。

ミミにも、敬礼をして、飛行機の操縦桿をにぎり、敵艦につっこんでいく特攻隊員の真似をして、それと寝ている身ぶりをし、二〇〇〇と数字を書いて、数字をゆびさし、ほんとか、ほんとか、とたずねたが、ただわらってるだけだった。(ミミは数字はわかった)

それで、二〇〇〇人では、やはりおおすぎるとおもい、〇をひとつ消して二〇〇にしたが、まだわらっていて、二〇にしてもわらってる。だから、逆にふやして、二〇〇〇〇にしたら、おなじようにわらっていた。

ミミはある料理屋の養女だったけど、口がきけないから、芸者にするわけにもいかず、女中で使われてたが、戦争で女が足りないので、寝る客の相手をしていたともきいた。

しかし、ミミの過去のことはわからない。三日ぶりにあったら、その三日間のことが、もうわからない。

そして、朝でも昼でも、ぼくのそばからいなくなれば、そのさきのことはわからない。

あとになって、ミミの身ぶりや手ぶりにもかなり慣れたが、これからさきのことや、過去にさかのぼったことをたずねようとすると、ミミはふしぎそうな顔をした。

意味がとりにくく、説明がむつかしいのを、もどかしがるふうもなく、ただ、ふしぎそうな顔をするのだ。

平田がおわって、みんなすみ、「よう、ハッピイさんの番だぜ」とジョニーが声をかけ、ミミがいるコットにいこうか、それとも眠ったふりをしていようかとおもってるうちに、ミミがはしってきて、ぼくのコットにもぐり、あのさいしょの夜のように(あのときは、抱きあって寝ただけだが)腕をまわし、足をさしこみ、おたがいのくぼみのなかにつきでたところをすりいれたが、あ、というような声をたてて、ミミが毛布からはいだし、実況放送のコットに、脱いだ服とスカートをとりにいき、もどってきて、また、あ、と頭に手をあて、前のコットの毛布のなかに手をいれて、パンツをさがした。

そして、ぼくのコットの毛布の皺《しわ》をのばし、その上に服とスカートをひろげて、おなじ姿勢のままでいたぼくの腕のなかに、すごく慎重《しんちょう》にはいってきた。

「はやく放送してくれよ」とジョニーは催促し、ぼくはミミの肩の下から腕をぬいて、上になろうとしたが、ミミがぼくのくちびるに指をあて、そのまま、ふたりとも息を殺して、じっとしていた。

ジョニーは、「はやばんにやってくれ」と二度ほどくりかえしたあとで、「チェッ、今夜の放送はおわりだ。もう寝よう。眠いや」とあくびをした。

約束の四千円をだすと、女は、ぼくの手からもう一枚千円札をぬきとった。あわてておさえたのに、ふんだくるやり方だった。

「サービスしてよ。あたしもサービスするわ」と女は言った。

「ゴムはないかい？」ぼくはたずね、女はこたえた。「百円ちょうだい」

女はフトンのまんなかに寝て、天井を見た。ふじ色のスリップを着ている。藤の花がふじ色なのはかまわないが……。

「髪にさわらないでね」いくつも渦をまいた髪を、女は枕の外にだしていた。

上になると、すぐ女は声をだし、またひょいと声をとめ、目をあけて、「しあわせ?」とたずね、ぼくは、女のからだのなかにはいってるところから寒気がしてきた。

「しあわせ?」とおなじようなときに、ワイフがきいたことがある。

べつに悪いワイフではない。掃除はあまりしないが、洗濯はよくする。おしゃべりでもない。おしゃれもしない。財産がある家に(姑《しゅうとめ》もいるが)嫁にいった妹のお古をもらってきては、着ている。家計簿もちゃんとつける。節約家だ。

しかし、ミミは、その最中に、「しあわせ・ハッピイ?」なんて言わなかった。口もきけなかったが、そんなことは言わなかった。

ただ、ア……ビ……(ハッピイ)と自分にはきこえない声で、ぼくの名前をくりかえしただけだ。

路地の奥の飲屋でこの女にあったとき、なぜ、ぼくは、この女がミミだとおもったのか?(口もきいてるのに)ミミはこんなじゃなかった。似てる、似てないなんてものではない。

だけど、ぼくは、女から、「しあわせ?」とたずねられ、どうして、そんなに鳥肌だってるのか?

それに、「しあわせ?」ときかれて寒気がしたからといって、女の罪ではない。ワイフもべつに悪いわけではない。

「ハッピイさん、ハッピイ?」とオーストラリア人の炊事班長《メス・サージャン》や兵隊たちに皮肉られ、からかわれても、ぼくは、土色のマラリア面で、「イエス、アイ・アム・ハッピイ」とニコニコしていたではないか。

「しあわせ?」とたずねても、ぼくが返事をしないので、女は、また目をとじて、声をたてはじめ、ぼくは、「声はださなくてもいい」と言った。

「この地下室にくる女は、広場の女なのに、それを専属にしちまうのは、ハッピイすぎるんじゃないかい」

ジョニーはコットの枕もとにたって、ぼくとミミを見おろした。ミミはこの石の地下室にきても、「実況放送」の夜からあとは、ほかの者とは寝なかった。

しかし、ジョニーが、こうはっきり口にだし、ケリがついたようなものだった。

ミミは、いつあらわれるかわからなかったが、夜中でも朝でも、ぼくのコットにもぐりこんできて、もう、毛布からミミのからだのにおいがきえることはなかった。

しかし、ミミといっしょに寝てるときは、毛布がミミのにおいがしないみたいで、ぼくは、毛布とミミの肌と、かわるがわる鼻をくっつけてみたりした。

「宮様のトイレ」でも寝た。海軍鎮守府司令部の建物のあのみごとな焼け跡の、南無八幡大菩薩の落書きのそばで、ミミがオシッコをして、焼けおちた材木の炭を、尻にぺったりくっつけたり……。

すこし寒くなってからだとおもうが、ボイラー室の罐《かん》と壁とのあいだのせまいところにミミともぐりこみ、石炭の粉でからだが斑《ぶち》になってでてきたこともある。ミミのおヘソの下をこすると、よこやたてに黒いすじができ、ボンボのしげみの上に、もうひとつ、ボンボ印をかいたりして、ぼくたちはボイラー室の床にころがってわらった。

まだ寝かかったころ、イングランド人の当直将校が地下室にはいってきたときもわらっちまった。なにしろ野戦用のせまいコットなので、ミミが毛布をひっかぶったぐらいではバレるかもしれないとおもい、上下にかさなったが、これもいつものようにおヘソあわせにかさなったのでは、見つかるおそれがあるのでミミが毛布のなかにもぐり、その上にぼくがあおむけにのっかった。当直将校が（おじいさんだったが）懐中電灯をもって、ぼくたちのコットのそばまできたとき、背中の下で、ミミがグウというような音をたて、それこそ落語かなんかみたいに、ぼくはグウグウいびきの真似をし、当直将校がでていくともうおかしくてたまらず、ぼくはミミのからだの上から、ずりおち、石の床に膝をつき、コットによりかかってわらった。

旦那に、とつぜん、「ほんとにハッピイなのか？」とたずねられたのをおもいだす。昼間、仕事のあいだに、地下室にあがっていくと、旦那が自分のコットに腰をおろしていて、そうきいたのだ。

ぼくは、いつものように、「ああ、ハッピイだ」と自分の名前をこたえるみたいにこたえ、出ていこうとすると、旦那がコットから腰をあげ（旦那のコットは地下室の入口にあった）ぼくの手首をつかみ、「日本の国が戦争に負けていても、あんたはハッピイなのか」と言い、ぼくは、「戦争に負けたということが、どういうことなのかわからない」とこたえた。手首をつかまれて、すこし頭にきていたのかもしれない。

「わからない？　こうやって、アメリカやイギリスやオーストラリアの兵隊がきて、われわれがコキつかわれていて、戦争に負けたのがわからないというのかね。あんたは日本の国が戦争に負けてもかなしくないのか？」

旦那はすこし出っ歯で、その出っ歯を、はじめて見るように、ぼくは見ていた。

「負けてうれしい、ってことはない」

「そうだろ。それなのに、なぜ、あんたはハッピイなんだ」

旦那が手首をはなしてくれたので、ぼくはうしろにさがった。

「いや、これはコトバの問題だよ。うれしけりゃ、負けたってことにならない。悲しいから、負けたんだ。しかし、ぼくは戦争がおわったとき、ほっとした。うれしかったんじゃないかな。内地にかえれるしさ。軍隊はきらいだしね」

「ふん。いつか、あんたは、妹が爆撃で死んだって言ってたな」

ぼくの妹は広島のミッション・スクールの生徒で、陸軍の被服廠《しょう》に勤労動員にいっていて、原子爆弾で死んだ。

「妹がバクダンでやられて、口惜しくないのかい？」

「妹のことはカンケイない」

「いや、関係がある。敵に爆撃されて死んだんだ、それでもあんたはハッピイなのか？」旦那の出っ歯がひっこみ、ぼくが返事をしないと、ため息をついた。「あんた、祖国ってものを考えたことがあるのかい？」ツバをはくかわりのため息みたいだった。「考えてないんだなあ」

「旅館には泊りの料金をはらってるのよ」と女が言った。「あんた泊っていく？　あたしはかえるわ」

ぼくは、パンツをはかないまま、骨折したなにかのようなペニスに夏ブトンをかけた。女は、おわるとすぐ服を着た。寝る前にも、女は風呂には入らなかった。

「おれもかえる」

「ふふ、奥さんがいるのね」

女が軽べつしてわらったように、ぼくはおもった。それは、ぼくが自分を軽べつしてるからだろう。

ひとり者や、出張かなにかで東京にきてるのならともかく、東京に家があって、奥さんもいて、子供もあり、それで、こんなところに立ってる安い女を買いにくるっていうのは……奥さんとのあいだがうまくいってないとか、とくべつ女が好きだっていうのならともかく、だいたい、あんまりやる気もないのに、なぜ、安い女をひろうのよ、とべつの女に言われたことがあったが……。

しかし、自分を軽べつするなんてことは、前にはなかった。ウヌボレが強いとか、よわいとかってことはカンケイあるまい。

まだ若いK・Pの肩をもんでやって、兵隊がたべたあとの皿からこそぎおとした残飯を空罐のなかにいれておいてもらったりしても、ぼくは自分を軽べつするなんて気は、ぜんぜんおきなかった。

ミミとボイラー室の罐と壁とのあいだにもぐりこんでたのがバレ、ボイラーマンに野良猫、とどなられても、ぼくはあわてて逃げ出し、そして、ミミとゲラゲラわらっただけだ。

食堂の角砂糖をかっぱらったのを見つかり(角砂糖は、食堂ボーイ《メス》がちょろまかせる、数すくないものだった)みんなの前でズボンのポケットを裏がえしにされると、角砂糖がポロポロ床におち、炊事班長《メス・サージャン》が、「ハッピイ?」とたずね、それでクビにされたときも、ぼくは頭にきて、かなしかったが、自分を軽べつしたりはしなかった。

ひとを軽べつするのと、自分を軽べつするのとでは、まるっきりちがう。

自分を軽べつするのは、誇りをもつとかウヌボレるとかの逆ではあるまい。ぜんぜんべつのものなのだ。もともと、自分を軽べつするってことができるのだろうか。

ぼくは、かなりいいかげんなことをしてきた。ひと晩でもおなじところに寝ない日が半年以上もつづき、はじめて、おなじ場所につづけてとまったのが警察のブタ箱だったこともある。

あんなデカダンなやつはいない、とみんなが言ってたようだった。しかし、ぼくには、デカダンということがわからなかった。わからないというのは、でたらめな、ひとに迷惑をかける毎日をおくっていながら、じつは、デカダンとはカンケイがなかったのかもしれない。

それが、十年ぐらい前からミステリの翻訳をはじめ、女房ができ、家ができ、子供ができて、旅行でもしないかぎり、毎晩、自分の部屋で雨戸をしめて寝るようになってから、ぼくは、デカダンなくらしをしているのではないか、とおもいだした。自分を軽べつするというのが、デカダンのはじまりなのではないか。

「おまえさんだって、男がいるんだろ」

ぼくは寝たまま、ストッキングを股にひきあげてる女に言った。

「男がいなきゃ……こんな商売はしないわよ」ストッキングのはしから、肉がせりだし、奥にいくほど、ぶよぶよふとくなっている。やはり、安物の肉だな。

「いつも、あのあたりにいるから、また気がむいたら遊んでよ」

ミミにあった。新宿の京王線の改札の前のオデン屋の屋台にはいったら、ミミがいたのだ。

もと軍港の町と東京とでは、ずいぶん距離があり、ミミとはじめてあった夜、鎮守府司令部の地下室の明り窓から首をだしたときみたいに、つまりユーレイか人ちがいかとおもったが、ミミはニコニコわらっていて、ミミだった。

角砂糖をドロボーして食堂《メス》ボーイをクビになったとき、たぶん、ぼくは、うちの住所を書いて、ミミが石の地下室にあらわれたらわたしてくれ、みたいなことをたのんだはずだが、ミミからは連絡がなく、東京にでてきたのだ。

もちろん、はじめてはいった屋台で、ずいぶんふしぎなあい方だが、ミミはびっくりした顔でもなく、ひさしぶりでなつかしいという表情でもない。

ひと晩かふた晩あらわれないで、三日目あたりに、仕事がおわって、石の地下室におりていったら、コットにミミが腰かけていたりしたときと、まったくおなじなのだ。

ぼくは、新宿西口のちいさなガードから大きなガードにおりていくあいだの安田のマーケットにミミをつれていき栄養シチューをたべた。

進駐軍の残飯だという、脂がういたどろどろの赤茶っぽいものがはいったドンブリをかかえ、コトバにならないミミの言うことをきいてると、ぼくをさがしに東京にきたらしい。

ぼくが東京にいった、とおそわったからだろうが、東京でのぼくの住所もなにもしらないのに、自分も東京にさえいけば、ぼくにあえる、とミミはおもったのか？

この人がごちゃついた、表通りも裏通りもやたらにある東京で……。

ぼくは寒気がし、腹がたち、骨がおっぺしゃげるほど、ミミを抱きしめたかった。

おまえはバカだ、と頭がパアの手真似をすると、あんたこそパアだ、とミミは手真似をかえす。

だって、ちゃんとこうしてあえたんじゃないの、とミミは言いたいらしい。

しかし、今まで飲んだこともない京王線新宿駅前のオデンの屋台に、ひょいとはいっていったら、ミミがいたというのは、ほんとに奇蹟ではないか。

ぼくは京王線の電車をおりたわけでも、京王線にのるつもりだったわけでも、だいいち、あんなところには、一度だっていったことはないし、新宿の西口にもべつに用はなかった。

しかし、奇蹟ということをどうやって、ミミにわからせることができるだろう。

過去も未来もない女、と言えばおセンチだが、ミミの場合は、しごくふつうに（奇蹟でさえ、ごくふつうのことになってしまうほど）ぼくとしては、どうしようもなく、今しかない。

その夜は、新宿西口の線路ぞいのマーケットの二階に、ミミと寝た。

東京にきたはじめ、アルバイトに看板描きを手伝ったところで、さいしょ、ミミはせまいベンチのようなのに寝て、ぼくは隅のほうで壁によりかかってたが、ペンキの罐などがある床に、ミミと抱きあってころがり、なんども、なんどもやったが、朝方は寒くて、看板の材料のベニヤ板をフトンがわりに上にのっけたりした。

ところが、また、ミミを見うしなってしまった。

そのころ、ぼくは渋谷のデパートの四階にある軽演劇の小屋で、進行係の助手のアルバイトをやっていた。

角砂糖を盗んで、食堂《メス》ボーイをクビになり、東京にでて、兵隊にいく前にいっていた学校にもどり、半年目ぐらいのときだ。

だから、劇場にいかなければいけないが、まさか、ミミをつれていくわけにはいかない。

それで、ミミにいくらか金をやり(新宿で飲む気になったり――それで、ミミにあえたんだが――ちょうど、うちから金を送ってきてたところだったんだろうか)串にさしたオデンをたべ、カストリを飲む真似をして、あのオデンの屋台であう約束をし、ミミも、わかったというようにうなずいていたのに……。

劇場がハネて、渋谷のデパートの四階から一階まではしっており、うまく山手線の電車もきて、新宿駅の西口にでて、京王線の駅の前のオデンの屋台にいくと……ミミがいないのだ。

おまけに、ヤクザの女房《バシタ》かなんからしい屋台の女から、「あの唖んぼを、どこにやったのよ」とかたい目をされ、ぼくは、ヘソの穴から手をつっこんで、自分のからだをひんむきたいほど腹がたった。

そばを離れ、姿が見えなくなったら、もう消えてなくなったのとおなじ女だということは、前からわかってたじゃないか。

あの軍港の町ならともかく、ほんとに、この広い東京のなかにまぎれこんだミミを、いったい、どうやってさがしだせばいいのだ。

てめえのドジかげんに、自分でもカッと熱くなってるのがわかる頭をふりながら、ぼくは、傷痍《しょうい》軍人が三味線を弾いているちいさなガードをとおり、新宿東口にでた。

むしゃくしゃし、西口はケタくそがわるいから、東口の聚楽《じゅらく》の裏の和田のマーケットあたりでバクダンでも飲むつもりだったのか……。

新宿駅の東口の前をまがると、聚楽の裏の空地を「型にかこんだ道に、女がたくさん立っていて、らんぼうな言葉だけならいいが、らんぼうな腕で男をひっぱっている。

道のまんなかをふさいでる女たちに、何度かひっぱられ、空地の角まできたとき、こんどは、だまって腕をつかまれ、ふりきろうとすると、女がからだごと腕にぶらさがって、きみょうな声をだし、暗がりをすかして、女の顔を見ると、ミミが、アビ（ハッピイ）とぼくの名前をよんでいた。

ぼくは、カッと熱くなった頭の血が沸騰《ふっとう》しふきこぼれたような気持で、そのまま、ミミをひきずって、和田組のマーケットの裏にいき、貨車の線路のよこでひっぱたいた。

「どうして、あのオデンの屋台にいなかった。どこかにいったら、もうわからないじゃないか」

ぼくはオデンを串からぬいてたべる真似をしてどなり、ミミは泣きながら、ツノをはやした身ぶりをして、いやという顔をした。

オデンの屋台の女がツノをはやしてるということらしいが……。

「それに、あんなところに立ってたのは、パンパンをする気だったのか?」

ぼくは、昨日から、何度もくりかえしてる身ぶりで、頭のよこでパアとてのひらをひろげ、「おまえバカか」と、またひっぱたいいた。

すると、ミミは、「あんたはわたしを愛してないの」とあのせつなく自分の胸をだきしめる真似をし、ぼくが首をふると、「愛してるのに、いつもおこって、ひっぱたいたりして、あんたのほうが何倍もパア」とパアの手ぶりをくりかえし、それから、ひっぱたかれた頰っぺたが痛い、と頰をおさえ、痛い証拠をしめすみたいに、涙をぽろぽろと頰をおさえた指の上にこぼした。

もう、ぜったい、ミミをはなすわけにはいかない。刑事が犯人をつかまえたようにつかまえていなければいけない。

劇場の連中がどうおもっても、かまやしない。

ぼくは、ミミの手をつかんで電車にのり、渋谷のデパートの電灯がきえた裏口の階段を、かたっぽうの手はミミの手をひっぱったまま、かたっぽうで壁をさぐりながらあがり、楽屋《こや》で寝た。

劇場があいてからも、舞台のそでのまるい木の腰掛に腰かけたぼくのそばからミミをはなさずメシも、井之頭《いのかしら》線のガードのちかくの外食券食堂に手をつないでたべにいった。

進行係の助手のぼくは、役者や踊り子に出番をしらせにいったり、幕をひいたり、小道具をそろえたり、効果の小鳥の笛をふいたり、いつも、舞台のそでにいなくちゃいけない。

出番を待って舞台のそでにたっている役者や踊り子は、へんな顔をしてミミを見、ルビー丘なんかは、「じゃまね」とミミのからだをおしのけたりした。

しかし、ミミは、いじわるな言葉がきこえないように、いじわるな目つきも見えないか、舞台の踊り子の真似をし、足をあげたり、フラダンスの腰つきを真似て腰をうごかしたりしている。

そして、ぼくの膝にのっかり、小道具の電話の受話器をとりあげ、「モシモシ、あなた、ハッピイ？　わたし、ミミよ」と言うつもりなのか、「アビ？　ミミ、ミミ……」とくりかえした。

とうとう、舞台で芝居をやってる役者がふりかえってにらみだした。

そんな報告がいったのだろう。着物をきた文芸部長が、ぼくをよびつけた。

文芸部長はすごく真面目なひとで、真面目な証拠に、青白い額をし、それにいつも皺がよっている。

「頭のおかしな女のコをつれてきて、どういう気なんだ」

文芸部長の額にたった皺がモヤシみたいにゆれ、ぼくは弁解した。

「頭がおかしいんじゃありません。口がきけないんです」

「なんでもいい。そんな女を舞台のそでにおいて……きみ、常識はないのかね。すぐ、かえしなさい」

文芸部長はうんざりした顔で、ぼくはこまって、腹がたち、とんでもないことを言ってしまった。

「あのコを、ハダカにしましょうか」

まだストリップとかヌードとかいう言葉もないころで、舞台で脱ぐコのことをハダカとかモデルとかよんでたが、それも、新宿にひとり、渋谷のこの劇場にひとりいただけで、そのたったひとりのハダカの女のコが、踊り子たちにいやがられ、いじめられてやめたあとだったのだ。

「だけど、あのコは唖なんだろ」文芸部長は、頭はたしかか、という目をして言った。

「楽団《バンド》がやってる曲がきこえなきゃ……」

「ぼくが、舞台のそでの客席から見えないところに立って、身ぶりをし、そのとおりにやればいいんじゃないですか」

いびられてやめたハダカのコも、五人ばかりの踊り子が前景でおどったあと、舞台のまんなかで、乳房をだきあげるようなポーズをしただけだった。

文芸部長は劇団主に電話した。劇団主は、すぐくるという。ハダカを見るための客が、一階から四階まで、このデパートの階段にならんだことを、だれも忘れてはいない。

しかし、ぼくは、まだ、ミミには相談していなかった。

ミミをハダカにして舞台にだすなんて、ぼくはおかしな夢でも見てるんじゃないだろうか。

ところが、ミミは、うん、とただうなずいた。外食券食堂にメシをたべにいかないか、とさそって、うんとうなずいてるみたいなうなずきかただ。

ぼくは心配になり、ちょうどバライエティのはじまりで、ラインダンスをしている踊り子をゆびさし、乳バンをとる真似をしてみせたが、ミミは、うん、うん、とおなじようにうなずいている。

ぼくは、わかってないんだなあ、という顔をしたのかもしれない。

とつぜん、ミミは、ひとの出入りのおおい舞台のよこの通路で、着てるものを脱ぎはじめた。この女は、いったいなにを考えてるのか?

ぼくといっしょにいるときは、考えるなんてことはせず、ただ、きこえないぼくの言葉のとおりにしようとしてるのか。

その夜、ぼくとミミは、また楽屋に寝たが、こんどは、劇団主の許可をもらっていた。最終回がおわると、「まあまあ大成功だ」と劇団主は五百円くれ、ミミのためにアパートも借りてやる、と言った。

楽屋にはフトンはないので、古い緞帳《どんちょう》にくるまって、ぼくとミミは寝た。緞帳は埃だらけで、ぼくとミミは、かわりばんこに埃でクシャミをしてはわらった。

あの海軍鎮守府の石の地下室でミミと寝ていたときも、ミミとの生活というものはなかった。しかし、たとえ埃にクシャミしながら緞帳にくるまって楽屋に寝ても、ミミはハダカで稼ぎ、ぼくだって進行係の助手で、これは二人の生活というものではあるまいか。

そして、女と男との二人の生活というのは、夫婦ということではないのか。

舞台のそでで手旗信号の真似みたいなことをしているぼくを、みんながわらっても、ぼくはがまんできた。なにしろ、とんでもなくハッピイだし……。

劇団主は、まだアパートを借りてくれないが、メシも外食券をヤミで買って、朝、昼、晩たべてるし、ごきげんな日が三日ぐらいつづいただろうか。

ミミのハダカのシーンの前になり、いつものように、舞台のそでにたってると、うしろから、脇腹をつねられ、ふりむくと、つぎの出番のルビー丘がいた。

今、ダブル・ペアで、ちんたかワルツをおどってるのがおわると、割緞帳《ワリドン》があがって、そのうしろにいる春の女神のうすものを着たミミが乳房をだし、ハダカのポーズをとる。

「あんな頭のへんな唖のコなんかどうだっていいけど、みんな、あんたの悪口も言ってるのよ。みっともないったらないわ」

ルビー丘はかなり大きな声をだした。ルビーは、みんな着るもののないそのころ、かなり派手な服装をしていて、舞台のあと、進駐軍の兵隊相手にパンパンをやってるとか、どこかのキャンプの下士官のオンリーだとかいう噂があった。

その噂は、たぶんほんとだろう。渋谷桜ケ丘のルビーのアパートにいくと、ちり紙まで進駐軍の物だった。

ルビーのあそこが、あの兵隊食堂《ソルジャーズ・メス》の残飯にかかったミート・ソースのにおいがしたのは、そのためか？

新宿東口の屋台でミミにめぐりあう前、ぼくは、ルビー丘とちょいちょい寝ていて、シックスティ・ナインなんてこともおそわり、ルビーは、「ねえ、サカハチしてよ」とG・Iニホン語で言ったりした。

「きみにはカンケイない」

ぼくは舞台を見ながら、片手でルビーの腕をはらい、それがどこにあたったのか、「痛い！よくも、ひとをバカにして、あんな女と……」とルビーはむしゃぶりつき、ぼくもいっしょにそでにさがったくろい幕のなかにまくれこんだ。

つまらないおわりだった。どうしようもなくつまらないのは、ミミをなくしたあと、ぼくは、またなん度か、ルビー丘と寝ている。

まくれこんだ幕が、やっとひらき、舞台に目をやると、もう、割緞帳《ワリドン》はあがっていて、曲もおわりに近く、春の女神のミミは、はじめて見るゆがんだ表情で、文字通り、舞台のまんなかに立ちすくみ、こちらをみつめており、ぼくからルビー丘に視線がうごくと、むきだしの乳房を、両手でおさえた。

ミミは見ていたのだ。いや、見ていなければいけなかった。ミミは楽団《バンド》の音がきこえないから、舞台のそでのぼくを見て、その身ぶりのとおり、うごくしかない。

割緞帳《ワリドン》はあがったが、ぼくからの合図はなく、ミミは舞台の中央に晒されたまま、そでにさがった幕のなかに、ルビー丘ともつれこんでいるぼくの姿を見ていなければいけなかったのだ。

ミミは、乳房をだき隠し、舞台のまんなかにしゃがみこんだ。

ハダカになるんだよ、と言ったとき、舞台のよこの、いろんな人の出入りがある通路で、さっさとブラウスを脱いでだし、それまで、舞台の上でも平気でお客に見せてきた乳房を、いっしょうけんめい、てのひらでおおって……。

目がさめると、よこに女がいて、布団のなかでタバコをすっていた。いつか、路地の奥の飲屋であい、五千円で寝た女だ。あのときと、おなじ旅館かもしれない。昨夜、路地の奥の飲屋によったことはおもいだした。

女は、ぼくが目をさましたのに気がつき、すっていたタバコをぼくの口にくわえさそうとした。ぼくは首をふり、うっ、とうなった。いつものことだが、ひどい二日酔だ。

女は枕もとの灰皿でタバコをもみ消し、あくびをして言った。

「ミミってなに？　それに、アビ……」

なん度も言うが、路地の奥の飲屋にかけこんできた女がサングラスをとったとき、どうして、ぼくは、こんな女をミミだなんておもったんだろう。

もう、ミミにはあえまい。だいいち、ぼくはもうハッピイさんではない。

〔初出：「オール讀物」1971（昭和46）年4月号〕

香具師《やし》の旅

「かゆいわぁ。むずむずする」

台所の床板をはずし、床の下の薪《まき》のうしろに庖丁をかくしているミヨのお尻にさわると、ミヨがお尻をふった。

しゃがんで、庖丁を薪のずっと奥のほうにつっこもうとし、ミヨのお尻があがり、パンツのはしの線がスカートにうきあがっている。おかしいのはパンツのかたっぺらのはしが、お尻のまるい丘からずっこけ、モモのわれ目にはまりこんでいて、ぼくは、それを指さきでなでていったのだ。

「また、ネリ公さがしをしようか」

ぼくもヘソの下のあたりが、むずむずしてきた。

「うん。はやく……」

ミヨは、音をさせないように、台所の床板をはめると、からだをかがめたまま、下駄をはき、裏口からでた。

しかし、庄田の姐《あね》さんに見つかってしまった。

「ミヨ、ミヨ……」姐さんの舌打ちする声がきこえた。「また、トンズラしやがった」

「まあ、いいじゃないか。まだ子供《ゴラン》なんだから……」

庄田のオジ貴がなだめている。ミヨは庄田のオジ貴の娘だ。しかし、姐さんの娘ではない。いつだったか、やはり飲んでいて、切られのヨシさんが、ミヨのおふくろさんは、ちょっときれいな女だった、と言った。

すると、姐さんが、「なによ、たかがガイキチじゃないか」と貶《ケズ》んだ。

ガイキチというのは、コトバを逆立《さかだち》させればわかるが、キチガイのことだ。

ただ、庄田のオジ貴まで、「うん、ミヨのおふくろはおとなしくて、いい女だったけど、夏さきになると、ふらふらどこかにいっちまうんだ。ふつう、ガイキチは、春さきにおかしくなるのにさ」とわらった。

庄田のオジ貴は、姐さんに甘すぎるような気がする。あのものすごい姐さんにだ。

姐さんは、顔は戦災にあったままの土塀みたいな色で、頬のところなんかも、ホネのかたちに皮膚がはげちょろけてるし、着てるものだって、乞食《バタコウ》なみだ。

おまけに酒ぐせがわるくて、わめく、ひっかくで、すぐあばれだすし、こんなババッチクて、ものすごい女と、どこで、どうやって知りあったのか、みんなふしぎがっていた。

ミヨのあとから、ぼくも裏口をでた。ここの家は、裏口はあっても、裏口の戸はない。いや、入口にも戸はなくて、押入れにも戸はなく、戸があるのは便所だけだ。

それに、窓ガラスもない。前は、窓ガラスも押入れの戸かフスマかがあったんだろうが、酒を飲んでは（たまには、飲まないときも）姐さんがあばれ、そうすると、ほかの連中もドタンバタンはじめて、窓ガラスはわれ、押入れのフスマもやぶれ、玄関や裏口の戸までふっとんだらしい。

窓ガラスなんか、いくら入れ替えたって無駄で、今では、窓に板をうちつけ、窓をあけるときは、それを、つっかい棒でもちあげるようにしている。

食卓だって、何度か脚がおれ、とうとう、脚なしになって、上の板だけ、ぺたんことタタミにおいてあった。

ともかく、夕方、商売《バイ》からあがって、飲みだし、そこいらにあるものをひっかぶって寝るまでには、かならず、いっぺんや二へんは、ガタガタはじまる。

だから、夕食の支度がおわると、ミヨは庖丁やなんか、家中の刃物を、台所の床の下にかくしたりするのだ。

これは、庄田のオジ貴が、切られのヨシさんに文句を言われたためらしい。

おかしいのは、切られのヨシさんが、オジ貴のうちの刃物でブスッとやられたのではなく、逆に、ヨシさんが、そこいらにあった菜切り庖丁で、ひとを切っちまったのだ。

ヨシさんは、切られのヨシといわれるくらいだから、もう、からだじゅう、めったやたらに切られた傷跡がある。

顔なんかは、傷跡だらけというより、傷でいっぱいで、傷の上に傷がかさなり、ひどいところは、傷が三重、四重にかさなっていた。

なんでも、若いときからケンカ好きで、それも、ひとりで大ぜいを相手に喧嘩《ゴロ》をまくのが好きで、だから、たいてい負けて、「さあ、殺せ」と大の字にひっくりかえるんだそうだ。

「ヨシのやつは、いつも切られてばかりいたから、あれだけ喧嘩《ゴロ》をまいても、生きていられたんだ。あれで、喧嘩《ゴロ》に強くて、切られてばかりいなきゃ、あいつは、とっくに殺されて、仏《ロク》になってるよ」

と、うちの親分《おやじ》も、ツジツマのあわない、だけど、なんだかわけのわかるようなことを言っていた。切られのヨシさんは、昔、うちの親分《おやじ》の舎弟だった。

しかし、今は、この福井の駅前でパチンコ屋をやっていて、店も繁盛してるし、ちょっとしたダンナだ。

その切られのヨシさんが、兄弟分のこの庄田のオジ貴のところで飲んでいて、菜切り庖丁でひとを切った。

切られた男は、れいの脚なしチャブ台をはさんで、切られのヨシさんの前にすわっていて、やはり酔っていたんだろう、ヨシさんにインネンをつけながら、ガクンとたれた相手の頭を、ヨシさんは、髪をつかんでひっぱりあげ、そばにあった庖丁で、カチンとやっていたらしい。

「いやあ、ひとの頭ってのが、あんなにカンタンに切れるたぁおもわなかったよ、兄貴。ところが、相手がわるくって、朝鮮人で、三十万円もオトシマエをとられちまった。やっぱり、ガラに合わないことをやっちゃいけない。切られのヨシが、生れてはじめて、人を切ったとたん……三十万円だもんな。しかし、こんな喧嘩《ゴロ》趣味のうちで、庖丁みたいなあぶなっかしいものをそこいらにだしとくのがいけないんだ」

切られのヨシさんは、恨めしそうな口ぶりで、うちの親分《おやじ》にはなし、庄田のオジ貴の一家の者は、その場にいたわけだし、なんども、ヨシさんのぼやきはきいてただろうが、みんなで、またゲラゲラわらった。

だけど、これは、昭和二十四年のことで、そのころの三十万円といえば大金だ。切られのヨシさんがぼやくのも無理はない。


この年（昭和二十四年）の五月末、ぼくは親分《おやじ》に連れられて、北陸に旅《ビタ》にのった。

ぼくのほかに、家名のちがう、つまり客分の易者《ロクマ》の先生が二人に、コロビの若い衆のNもいた。

北陸にきたのは、ヒデちゃんの保釈金をつくるためだった。ヒデちゃんは、恐喝の疑いで、富山刑務所の未決にはいっていた。

ヒデちゃんは、富山のちかくのN町の生れで、土地の賭博師《ブショウシ》をおどかして、金をださせたというのだ。

ヒデちゃんには、カオルという弟がいた。この弟が、前年のN町の高市《たかまち》で、賭博師《ブショウシ》の子分たちとケンカして、警察《サツ》にパクられた。その弟の保釈金を、ヒデちゃんは賭博師《ブショウシ》からださせ、それを、また、密告《タレコ》まれて、未決にいれられ、そのヒデちゃんの保釈金をつくりに、ぼくたちは北陸に旅《ビタ》にのったのだ。

だから、まず、富山の高市《たかまち》から商売《バイ》をはじめることにして、富山にきた。

ヒデちゃんは、ぼくとおない歳でうちの浅草橋の姐さんのところに泊っていて、ぼくとも、よくいっしょに寝た。

ヒデちゃんは、背はあまり高くないが、がっしりしたからだつきで、やたらにケンカが強い。

戦後、新宿聚楽の裏は空地になっていて、ここをかこむL字形の道には、パンスケがうんとたっていた。

ここを、うちの親分《おやじ》と浅草橋の姐さんとヒデちゃんとあるいていて、パンスケのひとりが、そこいらのおいぼれに見えた親分《おやじ》の足をひっかけたことから、パンスケのヒモなどがとびだしてきて、喧嘩になった。

「ほんとに、にぎやかなケンカで、なにしろ、相手は、三、四十人もいたんだから……」と、あとで、浅草橋の姐さんはわらっていた。

戦後の新宿のヤクザがチャカチャカいたころだ。その相手のひとりが、空地の前の和田組マーケットの鯨肉《クジラ》テキ屋から、肉切り庖丁をもってきて、ヒデちゃんを刺そうとし、ヒデちゃんは、肉切り庖丁のあのドギドギの刃をひっつかんでもぎとり、相手をぶった斬った。

だから、ヒデちゃんの指もてのひらもずたずたになったが、肉切り庖丁でブスッとやられるよりはマシだからな、とヒデちゃんは言った。こんなのが、ほんとにケンカが強いんだろう。

ぼくはヒデちゃんとは仲がよく、いつも、つながってあるいて商売《バイ》をし、ヒデちゃんがぼくの易者《ロクマ》の書生になったり、逆に、ぼくが、ヒデちゃんの靴修繕針《ゲソマツバ》のトハをおったり（サクラになったり）した。

北陸に旅《ビタ》にのる前の年の寒いころ、雨の日だったので、御徒町《おかちまち》の駅の構内で、ぼくはヒデちゃんと靴修繕針《ゲソマツバ》の商売《バイ》のトハをおっていて、土方とケンカした。

無賃乗車で改札口をとおろうとする土方がいて、ぼくがよけいなことに、口をだしたのだ。

すると、土方はふりむきざま、ぼくをぶんなぐり、ぼくは、モロにふっとんで、雨で泥だらけの駅の待合室の床にひっくりかえった。

それを見て、ヒデちゃんは、まずゆっくりオーバーを脱いで、泥でよごれないところにおき、つぎつぎに、あのごっついからだのケンカ慣れした土方たちをやっつけた。相手は七人ぐらいいただろうか。

東映ヤクザ映画の高倉健さんみたいにケンカに強い男が、ほんとに世の中にはいるのだ。

二月《ふたつき》ほど前、二十なん年ぶりで、ヒデちゃんの声をきいた。

ぼくがテレビにでてるのを見て、電話してきたのだ。

浅草六区、千代田館の裏の「峠」であう約束をして、その時間にいくと、「峠」の前にヒデちゃんの弟のカオルがたっていた。

その日は、「峠」は休みで、店がしまってたのだ。

それで、兄きのヒデちゃんはときくと、へんな顔をして、おれがヒデだよ、とわらった。

昔は、ヒデちゃんは肉づきがよく、まるまっこい顔をし、弟のカオルはやせていた。そのヒデちゃんがやせて、頬の肉がおち、ほそ面の弟の顔にそっくりになってたのだ。

「弟のカオルは死んだよ。おれが、むりやり、カタギにさせようとしたのがわるかったんだな。あいつは、カタギにはなれなかったんだ」とヒデちゃんは言った。

昔、カオルはきかん気で、女のこをひっかけたりするのがうまく、それに、花札のゴト（いかさま）もじょうずだった。

今、ヒデちゃんは、向島で洋品店の主人になっている。

ヒデちゃんとあうのは、ほんとにひさしぶりで、最後に顔を見たのは、富山の刑務所の面会室だった。

「こんなところにいるのは、もう、うんざりだ。はやく保釈金をつんで、だしてくれよ」

ヒデちゃんは、いらいらして、とがった声だった。前にも、ヒデちゃんは、富山の刑務所にはいってたことがある。テキヤどうしの喧嘩で相手の親分を殺したのだ。戦争中だったので、よけい刑務所《ムショ》ぐらしはつらかったらしい。だから、ヒデちゃんは、ぼくとおない歳でも、兵隊にはいっていない。

そして、戦後、刑務所《ムショ》から出てくると、のれんの兄弟でも、舎弟格だった男が、いい顔になっていて、ヒデちゃんのいる場所がなく、弟のカオルと東京《ドエ》にきて、浅草橋の姐さんのところにゲソをつけた。これも、東映のヤクザ映画にあるようなはなしだ。

ぼくたちは、とうとう、ヒデちゃんの保釈金はつくれなかった。富山から魚津の高市《たかまち》、そもそもの問題のはじまりのN町の高市《たかまち》、それから、富山にもどって、平日《ひらび》(お祭でない、ふつうの日)もつかったし、新潟県のお祭もまわり、ぼくひとりで、高田にもいったが、保釈金のなん万という金をのこすことはできなかった。

さいしょ、富山の高市《たかまち》にのってきたときは、ほかに二人いた客分の易者《ロクマ》も、ひとり減り、もうひとりも東京《ドエ》にかえった。

富山の平日《ひらび》では、商売《バイ》が上手なK一家のYさんが、かなり稼いだが、五分《ぶ》は、Aさんへの歩合《チョウフ》だし、のこりで旅館代などをだすと、やはり、ヒデちゃんの保釈金はのこらなかったのだ。

N町の高市《たかまち》では、ヒデちゃんから金をせびられて警察《サツ》に密告《タレコ》んだらしい賭博師《ブシヨウシ》の親分をつかまえ、祭でたっている賭場《シキ》に、ぼくとコロビの若衆でのりこんだが、これもゼニにはならなかった。

「ごらんのとおり、まるっきり寺銭《テラ》がはいってないんで……ヒデちゃんの保釈金どころじゃないですよ」

賭博師《ブショウシ》の親分はテラ箱を見せてくれたけど、バクチのことはしらないぼくには、からっぽのテラ箱を、つっ立って見てるよりしかたがなかったのだ。

おまけに、「あんたたちも、素人《ネス》じゃないんだから、わかるでしょう」と賭博師《ブショウシ》の親分にかなしい顔をされるとうんうん、と、せいぜいすこし威張ってうなずくよりしかたがない。

それで、ヒデちゃんの保釈金は、あとでかならず、ナニしますから、これは、べつで、二人で女郎《ビ》買《リ》いでもしてください、と賭博師《ブショウシ》の親分はぼくとコロビの若い衆のAに、二千円ずつくれ、ぼくたちは、言われたとおり、女郎《ビ》買《リ》いに出かけた。

じつは、それまで、ぼくは男と女のことはしたことがなく、いくらか感慨のようなものもあったが、夕方から、逃げ隠れしている賭博師《ブショウシ》の親分を、Nの町じゅうさがしてまわり、見つからずに、いくらかヤケになって、あっちこっちで焼酎をひっかけ、やっと二号か三号（けっこうババアだった）のうちで、賭博師《ブショウシ》の親分をつかまえまあ一杯、とだされた祭のお祝いの膳をコロビの若い衆のAがけとばし、すると、となりの部屋でサイコロをころがしてた七、八人の賭博師《ブショウシ》の子分たちがサッとたちあがり……そのあと、親分をひったてるようにして、盆《シキ》にいったが、もう、祭のざわめきはとっくにおわって、田舎町の夜道はくらく、入墨《モンモン》べたべたのおにいさんたちにとりかこまれ、ぼくは、へたをすりゃ死んじまうよ、と本気でおもった。

そんなことにくらべれば、女と寝るぐらいたいしたことはない、とぼくはおもったんだろうか？

そんな、つまり積極的な気持より、飲みづかれもいっしょになって、ぼくは、頭のなかも、からだのなかも、ずっこけて抜けてしまったような、ぼんやり、フぬけのへぬけみたいな状態だったのではないか。

ところが、女郎屋《ビリ》といっても、表の入口だけガラス戸がある百姓屋みたいな家が、三、四軒あるだけで、そのむこうは田圃がつづき、N町は漁港なので、漁師町のせまい道をあるいてきたときは、まだ暗い夜のつもりでいたが、田圃はしらじら（というより、しらけた感じで）あかるくなっていた。

ぼくたちは、「あけろ」とどなりながら、女郎屋《ビリ》のガラス戸をぶったたいてまわったが、寝しずまった女郎屋《ビリ》なんて色気のあるものではなく、まるで、もう人は住んでない取壊し前の空屋みたいで、おまけに、下手な軽演劇の幕切れのように、コケッコー、とニワトリが鳴き、ぼくはついふきだし、ショボついた目から涙がでた。

それで、女郎《ビリ》買いのほうはあきらめたが、コロビの若い衆のAは、もう一度、賭場《シキ》にひきかえして、賭博師《ブショウシ》の親分からもらった金をふやそうと言う。

いくらかでも多くして、ヒデちゃんの保釈金のたしにしようってわけだ。

「おれは、香具師《ヤコウ》の年期は浅いが、錦糸町あたりで、賭博《ブショウ》のAっていや、ちいったぁきこえた名前なんだ。まかせとけ」

Aは胸をたたき、ぼくたちは、盆《シキ》にかえって、さいしょに二千円、つぎに千円、そのつぎに千円、と三回張って、三回でパアになった。

ぼくたちの旅も、もう、このあたりから落目の三度笠だったようだ。

(コロビというのは、もとは、三寸台《サンズン》をつかわずに、地べたにムシロなんかを敷いて、たとえは、バサ打ち――タタキ売りなどをすることだったが、口上商売《タンカバイ》のことを、ふつうコロビといっている。しかし、ぼくなんかがやった易者や催眠術《ロクマ》、蛇屋《ミンサイ》など、ひとを大ぜいあつめるジメ師《マキ》はコロビとはいわない。その口上商売《タンカバイ》も、今では、タコ焼みたいな食べ物商売にかわり、ほんとにすくなくなった)

裏口をでると、ミヨはぼくの手をとって、はしりだした。ひやっこい手だ。色も青白く、青白くてひやっこい血が、ほそぼそながれてるような気がする。

途中、鶏小屋のなかに隠しておいた電球をとり、ぼくたちは防空壕にはいった。しかし、これは、ほんとに、防空壕だったのか? ミヨが防空壕と言ってるので、ぼくも防空壕とよんでるが、はんぶん土のなかにうまった小屋みたいなもので、ぺらぺらのトタンの屋根は土の上にでており、こんなのにバクダンがおちたり、機銃掃射をされたりしたら、ふつうの家のなかにいるよりも、もっと危険だろう。

ぼくは、いつものことだが防空壕の入口で頭をぶっつけて悲鳴をあげ、ミヨは入口の蓋をしめたあと、手さぐりで、電球をはめた。

空地のなかの、だれが持主かわからないこんな防空壕のなかに、電球をはめっぱなしにしていたら、すぐ、電球をはずされ、もっていかれてしまう。

だけど、うさん臭い防空壕だ。戦争中だって、防空壕だったかどうかもわからないし、ほんとに、へんなにおいがする。はんぶん土のなかなので、湿ったカビ臭いにおいはもちろんだが、それだけでないあやしいにおいがするのだ。だれかが、ここに闇物資でも隠匿していたのか?

ミヨとぼくが裏口からぬけだしてきた、裏口の戸も、表の戸も、ガラス窓も、押入のフスマもなにもない庄田のオジ貴の家からは、空地をへだてて三十メートルぐらいのところに、この防空壕はあるのだが、庄田のオジ貴のヤクネタの(出来のわるい)子分たちが、バケツに水をいれ、アルコール・ランプにからのアンプルみたいなものを、ここにもちこんでるのを、ミヨは見たというから、その連中は、ここで、水一〇〇%のインチキの覚醒剤のアンプルでもつくってたのかもしれない。

電球をはめると、ミヨは膝をおってすわったまま、両足を左右にひらいて、そのあいだに尻をおとし、防空壕の床につけるという、婆様《サマバア》みたいなすわりかたをし、ブラウスを脱いだ。

うすきいろに汚れがしみついた肌着のシャツの襟もとのむすびのひもをほどいてるミヨの手をくぐって、そのよこっちょの、乳房《パイオツ》のちいさなふくらみをつかむ。ちいさくて、お祭で売っている、水のいれかたのすくないスイチカ(水ヨーヨー)みたいに、すこしたよりないやわらかさの乳房《パイオツ》だ。

「にいちゃんは、マジメにネリ公さがしをせんのやから、いややわ。ふたりでネリ公さがしをしよう言うて、うちのからだのあっちこっちにさわるんやけ……。エッチ」

ミヨはぼくの手をはらった。そのころでも、エッチというコトバはあって、ズベ公がかった女のコはつかっていた。エッチはHeの頭文字で、だから、いやらしいことだそうだ。

「いつごろから、ふたりでネリ公のとりっこをはじめたんだっけ？」

「新潟県の直江津あたりだわ」

「ミヨに、はじめてあったのは……？」

ぼくもシャツをとった。天井のひくい防空壕なので、ズボンを脱ぐとき、また、頭をぶっつけた。

「富山の高市《たかまち》よ」

「だったら、おれたちが東京から旅《ドエ》にのってきたばかりのときじゃないか……」

「うち、テントの正面の、楽隊さんがいる高いところから、見てたんやわ。そしたら、にいちゃんが、この紋付とハカマを着て、ステッキもってしゃべってるやろ。おかしゅて」

「富山は、大高市《たかまち》だから、曲馬団の小屋もあったんだな。だけど、おれはおぼえてない」

ミヨは曲馬団にいた。ちいさな祭礼《たかまち》には、曲馬団はこなくても、お祭《たかまち》をおってまわるぼくたちとは、だいたいコースがいっしょになる。

「ほんとに、ミヨは楽隊のボックスが好きだなあ」

「高くて、上から、いろんなものが見えて、おもしろいし……」

「だから、まだ子供コ《ゴラン》なんだよ」

「にいちゃんも、楽隊さんのところにきたやないけ」

ぼくはわらい、ミヨもわらい、肌着のシャツの下からでた乳房《パイオツ》が、ぷるるんとゆれた。ほそっこい乳房《パイオツ》で、中身がたりないみたいに、上っかわがすこしへこんで、下のほうだけ、てのひらですくいあげたみたいに、ぴょんと反っている。

ミヨは十七歳だといっていた。戦争中、戦後と、いちばん食べなきゃいけないときを、ロクに食べられないできたからか。乳房《パイオツ》がほそっこいのは、ほそっこいからだに似合わせてるみたいだ。

富山県の高岡で、曲馬団の小屋の前をあるいてると、「にいちゃん……」と頭の上で声がして、ミヨが楽隊のボックスから手をふっており、ぼくは、紋付、ハカマという易者《ロクマ》のカッコであがっていき、れいによって、おたがい脱ぎっこして、ネリ公さがしをはじめ、ひょいと気がつくと、傘をさしたひとが、下にたくさんたっていて、ミヨとぼくは、キャッ、とはだかのまま、楽隊のボックスの足場の床にからだをふせた。

雨降《スイバレ》で、ぼくも易者《ロクマ》の商売《バイ》ができず、ミヨの曲馬団もテントは張ってるが本日休演なので、楽隊のボックスで、ミヨといっしょにネリ公のとりっこをしていたのだが、ひとり、ふたり、と見物人が下で足をとめ、だいぶ見られちまったらしい。

ミヨと口をきくようになったのは、魚津の高市《たかまち》だ。「こちらの小屋は、魚津の駅のちかくに掛けてあって、にいちゃんは川のほうにおったやろ。あの川にはナマズがおるんやと。うちが小屋からあるいて、手相を見てもらいにいったら、おにいちゃん、どない言うたおもう。うちの手相はバラバラやて……。うち、えらい心配したわ。ねえ、手相、見てえ。やっぱり、バラバラ？」

ミヨは、防空壕のなかで、ほそっこい乳房《パイオツ》をふるわせ、手をさしだした。それはいいんだが、だした手のてのひらを、もういっぽうの手の指でこすってる。

防空壕のひくい天井にぶらさげた裸電球の光をかえして、ミヨの手はよけい青白く、それをこすれば、青白い垢がでそうだった。

ミヨの肌は、白いとか、それがいくらか青みがかってるとかいうのではなく、なんだか血の気がうすく、つまり赤い血がすくなくて、静脈ばかりが目立つような、そんな肌なのだ。

「手相を見てくれへんのなら、さ、ネリ公さがしをしましょう。にいちゃんは、さいしょのときから、うちのオッパイばかり見てるんやから……」

「直江津だったか……曲馬団のテントにミヨをたずねていったら……びっくりしたよ。ハダカでいるんだもんな」

「あのときも、ヘギ場で、ネリ公さがしをしてたから……」

「へえ、サーカスのほうじゃ、ヘギ場っていうのかい。ヘギ場って、どんなことだかしってる？」

「寝るところでしょ?」

「うん……」

寝ることは寝ることだが、女と男が寝ることだ。曲馬団のテントのうしろのほうに、ごちゃごちゃ、世帯道具のようなものもつみ上げてさかいをつくり、小屋のひとたちの寝る場所がつくってあり、そこの隅に、今、こうして防空壕のなかにすわってるようなカッコで、ミヨがいた。

「しかし、あのとき、直江津で、乳房《オッパイ》ぴろーんとだして、ミヨは平気だったな」

「だから、ネリ公をとってたのよ。服を着たまま、ネリ公をとれる? だれにでも、ネリ公はいるんだし、うちがネリ公をとってると、かあちゃんは、みっとものうて、きたない、と言うけどネリ公がたかっていて、ネリ公をとらんかあちゃんのほうが、よっぽどきたないわ」

かあちゃんというのは、さっき、ぼくたちが裏口からにげだしたときも、「ミヨ、ミヨ……」とどなっていた庄田のオジ貴の今の女房だ。

直江津の曲馬団の寝場所《ヘギバ》で、「へえ、ネリ公をとってるのか」とぼくは、なんだか感心したような声をだし、すると、ミヨは、にいちゃんのネリ公もとってあげるから、キモノを脱がないか、と言った。

それで、ぼくは、「おれにはネリ公はいないよ」とこたえたが、ミヨは、いや、ネリ公のいないニンゲンはいない、とれいによってくりかえし、ぼくはわらっちまったが、お医者さんゴッコでもするつもりで、キモノを脱いだ。

ミヨは、曲馬団の寝場所《ヘギバ》がうすぐらいせいもあって、ぼくが脱いだ肌襦袢《じゅばん》に目を近づけて、縫目をさがしていったが、ネリ公は見つからず、「ね、だれにでもネリ公がいるっていうことはないんだよ」とぼくは、あわれみ諭《さと》すように言ったが、そのとたん、「ほら、そこに……」とミヨが手をのばし、フンドシひとつですわってるぼくのフンドシのはしを、ちょろちょろ、シラミがはっていた。（シラミのことを、テキヤの隠語《チョウフ》では、ネリ公という）

だけど、ぼくが東京から富山の高市《たかまち》にのってきたときは、薩摩《さつま》上布のキモノに絽《ろ》の紋付のハオリ・ハカマ、博多献上《ドエ》の帯というカッコで、これは、昔、検事正だったひとの上等の夏物を、そっくり肌襦袢まで、その未亡人から借りてきたもので、まさか、シラミはついてなかったとおもう。

とすると、北陸の旅も、だんだん落目の三度笠になるにつれ、旅人宿の雑魚《ざこ》寝かなんかで、だれかにネリ公をもらっちまったのか。

直江津から新潟県のちいさな高市《たかまち》をひろってあるき、富山県にもどって、高岡の高市《たかまち》で、またミヨの曲馬団といっしょになり、そのときは、もう毎日、ミヨとあって、二人でネリ公のとりっこをしていた。

高岡では、高市《たかまち》のあと、七日ぐらい平日《ひらび》をつかい、ミヨの曲馬団も、ほかに大きな高市《たかまち》がなかったのか、そのあいだ高岡にいた。

ひとつは、雨降《スイバレ》つづきで、うごきようがなかったのかもしれない。たぶん、梅雨《つゆ》にはいったとたんだろう。

ミヨのサーカスでの出番は一回きりで、ウエストがしまった、みじかいスカートのきんきらの服をきて、鉄棒の上にのり、手をはなして、くるりくるり、まわるのだ。

これは、足にはいてるスケート靴みたいなのに仕掛があり、それが鉄棒にはまって、おちる心配はなく、おまけに鉄棒もひくくて、つまんない芸だ、と曲馬団のほかの女のコが悪口を言っていた。

みじかいスカートで、360度回転するのだから、当然、めくれるところもめくれるのだが、ミヨの太腿や、その奥のデルタあたりも、まだおとなの女の肉がついてなくてほそっこく、ストリップの効果もないようだった。

また、靴の裏に仕掛けがあって、落ちる心配はなくても、へたをすると、ぶらさがりっぱなしになり、事実、ちょいちょい、ミヨはトチって、これは落ちるよりみっともないとも、曲馬団のほかの女のコはわらっていた。

だから、ミヨは、炊事《ぞうよ》の手伝いとか、ヘギ場のそうじとか、だいたい雑用につかわれていた。

「宝塚にいこうとおもうたんやけどダメで、曲馬団にきたけど、おもしろないわ」とミヨも言っていた。

そんなミヨのところにたずねていって、テントのうしろのヘギ場で、二人でネリ公をとってたりしたら、曲馬団の連中もいい顔はしない。

胸や腕の筋肉がもりあがり、しかし、腰から下は、すとーんと肉のないブランコ乗りの男が、ヘギ場の通路につっ立ってぼくをにらんでたりした。

ヘギ場は、たいていうす暗く、くらいところでにらむと、白い眼でにらむという言葉どおりにブランコ乗りの男の目がしろく見え、ぼくは感心したが、こんなことに感心してもしようがない。

「にいちゃんとだけはつき合うのはやめろ、とみんなが言うんよ。にいちゃんはヤクザやから、今に、うちはひどいめにあういうて……」

ヘギ場で、おたがい、肌着のネリ公のとりっこをしながら、ミヨはちいさな声でささやいた。ヤクザか……。ぼくがヤクザねえ。だけどテキヤの一家の子分だから、ヤクザだってことはまちがいない。

しかし、ミヨはわらっていて、うちのとうちゃんも福井のテキヤだ、と言った。しかし、そのときは、あとで、ミヨのおやじさんの庄田のオジ貴のところにやっかいになるとはおもわなかった。

庄田のオジ貴は、うちの親分《おやじ》のことを、兄貴とよんでるが、正式にサカズキをした兄弟分ではあるまい。

小松の高市《たかまち》で、別れて旅をしていたうちの親分《おやじ》にあい、福井で庄田のオジ貴のところに泊ってるときいて、ぼくは、おやおや、とおもったが、そんなにおどろいたわけではない。粗雑な言いかただが、せまい社会なのだ。

小松で、ミヨは曲馬団をやめた。小松には、庄田のオジ貴もうちの親分《おやじ》といっしょにきていて、曲馬団との話《ナシ》も、すぐついた。

もともと、庄田のオジ貴が曲馬団の親方《おやじ》さんにたのんで、娘のミヨをあずかってもらってたのだ。曲馬団のほうは、厄介払いみたいな気持だったのかもしれない。

そして、小松の高市《たかまち》がおわると、ぼくとミヨは、うちの親分《おやじ》といっしょに、庄田のオジ貴の福井の家にきた。いや、ミヨが自分のうちにかえるのはあたりまえだ。

庄田のオジ貴は、たいていのテキヤがそうだけど、もともと土地の者ではない。娘のミヨをつれて、関西から広島、山口県あたりまで、北陸もあちこちあるいたらしい。だから、ミヨの言葉にも、いろいろ、へんな方言がまじってるんだろう。

ついでだが、庄田のオジ貴は酔払る《できあが》と、「おれは、あれこれ女房はかわったが、娘はずっとひとりだ」とみょうな威張りかたをする。

すると、また、いつも亭主以上に酔払てる《キスグレ》姐さんが、ミヨに当って、らんぼうなことをやるのだ。

「わあ、臭いわあ」

ミヨは、ぼくの肌襦袢をとってにおいをかぎ、縫目にならんだネリ公のタマゴを、ぴちぴち、つぶしていった。

「ミヨのだって、くせえや。女くさい」

ぼくも、ミヨが脱いだ肌着に鼻をおしつけた。女くさいといっても、ミヨのからだのにおいはまだ熟《う》れてなくて、ほんとは青くさく、あまさがはかない。

ミヨのおヘソはちいさい。だけど、スズランの花みたいに、ちっこい花びらのようなのがあって、チカチカわらってる。

ぼくは、手をのばして、ミヨのおヘソをなで、ついでにパンツのゴム紐をひっぱった。

ゴム紐のうしろにかくれてた、モチ米みたいに白くてちいさなネリ公がはねとんで、ミヨの股のあいだの、あわいしげみにおっこち、たいして生えてもいない恥ずかしいおヘアーのあいだで、アップアップ、おぼれてやがる。

これは、ネリ公の子供《ゴラン》だろう。ネリ公もぶっとくなると、だんだん半透明に、ねとっとからだがひかってきて、あさぐろくなる。

「エッチ！　マジメにネリ公をとりなさい。ほんまに、このひと、エッチなことばっかりして……いや！」

ミヨは、爪のさきで、シラミの卵をつぶしていた肌襦袢を、ぼくの顔になげつけ、ぼくは目が見えないまま、両手をつきだして、ミヨの乳房《パイオツ》をさがした。

せまい防空壕のなかなので、ミヨも逃げられない。肩をつかまえ、ひきよせて、さきっちょだけ反ってとがった、ほそっこい乳房《パイオツ》をさぐる。

ミヨの手がバタつかなくなり、顔から肌襦袢をとると、ほそっこい乳房《パイオツ》をかこんだ、ほそっこい肩と腕が、ぼくの目の下にあった。

長いまつ毛が、防空壕の天井からぶらさがった電球の光に、ひょろほそいかげを頬におとしている。

手足とおなじで、ミヨは、顔もあおじろく、血のけがとぼしい。ふくらみのうすい頬に、よけいなかなしさの長いまつ毛のかげがのびていた。

「だけど、毎日、こうやって、ミヨとネリ公のとりっこをしてるのに、どうして、また毎日、ネリ公のタマゴがあらわれてくるんだろう」

「それは、ネリ公は、ニンゲンのからだについてるもんやからよ」

ミヨは、肩にかけたぼくの両腕の下で、ちいさな顎をとんがらすように、乳房《パイオツ》をとんがらして、言った。

「バカだなあ。だれにでも、ネリ公がいるとはかぎらないんだよ」

「そやけど、直江津でも、にいちゃんは、おらん言うたのに、ちゃんと、ネリ公はおったじゃないの」

「だったら、天皇陛下にもネリ公がいるっていうのか?」

「あたりまえやわ。天皇陛下もニンゲンやもん」

もう、旅館の部屋をかりて運勢鑑定をするだけの金もなく、福井の駅前で立見《タチケン》をしていると、親分《オヤジ》がきて、お説教された。

「おまえ、庄田の娘のミヨと、なにをやってるんだ」

「べつに……」

ぼくは筮竹《ぜいちく》をたてなおしながら、こたえた。

「あんな子供《ゴラン》と乳くりあってるそうじゃないか……」

乳くりあう、という古風な言葉に、ぼくはわらった。しかし、あのせまい防空壕のなかで、ぼくとミヨがやってることは、カッコの上では、乳くりあうという、言葉がぴったりのような気もした。

「子供《ゴラン》に子供《ゴラン》でもできてみろ」親分《おやじ》は大人のにがい顔をした。

「子供《ゴラン》はできませんよ」

「どうして？」

「どうしてって……」ぼくは、やはり恥ずかしかった。「やってないもの」

「はだかで抱きあってて、やってないのか？」

「はい」

「おまえ、兵隊にはいったんだったな」

「ええ、徴兵年齢一年くり下げで、昭和十九年の十二月に、満十九歳で入営しました。どこにも志願はせずに、だから、ふつうの入営で、五日間内地にいて、中国の湖北省と湖南省の境のあたりにもっていかれたんです」

「ふうん。いや……戦地にもいったぐらいだから……つまり、その、慰安所にもいったんだろ？」

「とんでもない。ぼくたちがいたところは山ばかりで、女どころか敵もいませんでした」

親分《おやじ》は、なんだかこまって、まぶしそうな目をした。

「しかし、庄田の娘とおまえが、はだかになって、乳くり……いや、なにかやってたのを見た、という者はいくらでもいる。そんな恰好で、なにをやってたんだ？」

「だから、ふたりで、ネリ公のとりっこをしてたんですよ」

「ネリ公？」

「ええ、あれは、毎日とっても、いるもんですね。ミヨは、ニンゲンはだれでもネリ公がいて、ニンゲンのからだからわいてくると言うんだけど……」

親分《おやじ》は、こまったような、まぶしそうな顔つきでわらいかけ、頬がぴくぴくした。

「ほんとに、ふたりで、はだかで、ネリ公をとってただけなのか？」

「はい」

親分《おやじ》はわらえずに、ため息をついた。

「庄田の娘は、おまえと一緒《ショイ》（夫婦）になると言ってるそうだぞ」

「へえ……」

「へえ、じゃない。ともかく、つまらない真似はやめろ。おまえはうちの若い衆だが、東大の学生だからな。将来のある身だ」

東大の学生で、どうして、テキヤの子分になった、とよくぼくは言われた。だけど、ぼくは、子供のころから大道ヤシが好きで、いくらかあこがれてるようなところもあった。それで、復員し、軽演劇の小屋や、米軍の将校クラブのバーなんかでアルバイトをしたあと、新宿の西口をぶらぶらしていて、テキヤの子分になった。たまたま、そのころ、東大に籍があっただけのことだ。これだって、ぼくがしらないうちに入学していて、上海から病院船で復員してくると、おやじが、おまえは東大の文学部の哲学科にはいっている、と言った。

「三で死んだか、三島のお仙。お仙ばかりが女じゃないよ。三十三歳、女の大厄。サンザン苦労するっていうのはエンギがわるいので……。

もうひとつオマケで、四つにしよう。四角四面はトウフ屋の娘。色は白いが、水くさい。それで、もひとつ、オマケついでの、添えついで……」

ちり紙をかさねてたてにおり、赤や青のテープでとめた束を、四つ五つ、たがいちがいに、ななめにかさね、一例にならべていく。

福井県勝山の「左義長《サギッチョ》」祭、ぼくは、地べたにゴザをしき、リンゴ箱をぶったたいて、ヒッジのバサをやっていた。

ヒツジというのは、テキヤの言葉で、紙のことだ。ヒツジが紙をたべるからだろうか。バサはバサ打ち。タタキ売り。

勝山の「左義長《サギッチョ》」は二月二十五日。とうとう、北陸で冬をこしてしまった。

雪が、頭の上からだけでなく、吹きさらしの道ばたなので、よこからもふりつける。首すじや、胸もとにはいる雪もつめたいが、商売品《バイネタ》のちり紙が濡れるのが恨めしかった。

しかも、たまたま雪の日というのではなく、毎日、あたりまえのことのように降ってやがる。

あの防空壕で、ミヨとネリ公をとってから、もうだいぶたつ。

あのあと、ぼくは、また、うちの親分《おやじ》と別れ、ひとりで、おなじ福井県の鯖江《さばえ》、武生《たけふ》、松岡、丸岡、芦原《あわら》温泉、三国の港、石川県にうつって、小松、片山津温泉、大聖寺《たいしょうじ》など、高市《たかまち》でなく、平日《ひらび》をまわり、たまには稼ぎになることはあったが、宿代を払えば、東京《ドエ》までの汽車賃《ノリナマ》はのこらなかった。

そもそも、北陸に旅をしてきた目的の、富山の刑務所の未決にいるヒデちゃんの保釈金をつくることは、親分《おやじ》もぼくも、いつも頭にはひっかかっていたが、こうなれば、どうしようもない。

夏もすぎ、秋になると、北陸の空は気まぐれで、陽がさしているのに雨が降ったり、そのうちじめじめした雨がつづきだし、空は灰色に塗りつぶされ、ひと月のうち、晴れた日は、ほんの何日かで、雪が降りはじめる。

それまで、表日本の、しかも雪のすくないところにしか住んだことのないぼくは、あきれてしまい、腹がたち、こんなことがあっていいのか（あり得ることなのか）とおもった。そして、親分《おやじ》やぼくは、雪に追われるように、福井から奥にはいり、勝山、大野とうつっていった。

雪に追われて、雪のないところにいくというのならわかるが、逆に、雪が深い山のなかに逃げこんでいくというのは、おかしなことだけど、どうにもならなかったのだ。そして、みんなにわらわれたとおり、よけいどうにもならなくなった。

コロビの若い衆のNも、まだ雪が降りださない前に、商売材料《バイネタ》を買いにいく使いにでて、材料《ネタ》代をもって、ズラしてしまった。

キモノのすそがボロボロにきれて、若布《わかめ》をぶらさげたような、という言いかたがあるが、ぼくの借着も、マンガみたいに、そんな状態になった。

なにしろ、夏物の上布の着物と、絽のハオリを、着たっきり雀で、寝るときまで着て、雪が降っても着ていたのだ。ハカマはとっくに、姿をなくしていた。

こんなカッコでは、乞食《バタコウ》はできても、易者《ロクマ》はできない。

ぼくたちは、福井からずっとずっと山のなかにはいった大野の町で正月《ガツ》をむかえた。

大野は雪のおおい、しずかな町だ。ともかく、商売《バイ》にはむかない。ぼくたちは、文字通り雪にとじこめられて、この町の生れの竹さんというテキヤのところで、ゴロゴロしていた。

その竹さんだって、テキヤになるくらいだから、さんざっぱら勝手なことをして、嫁にいった妹の家の裏のほうにわりこんでいたのだ。

雪がひどいと、ここが終点の福井にいく電車もとまった。商売《バイ》をしようにも、材料《ネタ》もないし、雪の底だ。

正月《ガツ》がすぎたころ、朝鮮人の男と知りあいになり、その家につれていかれた。大野の町のはずれにある新築の家で、風呂場のようなところに、風呂釜のようなものがあり、そのひとが釜の蓋をとると、湯気がたち、ぼくは腹がグッとなった。

「飲んでみますか?」

そのひとはたずね、ええ、もう、とぼくはうなずき、そのひとは柄杓《ひしゃく》で、湯気がたつ釜の表面をなでるようにして、ドンブリにいっぱいついでくれた。

ぼくは、ドンブリをかかえ、ふうふう、ふきながらすすったが、空腹なのに、酔いもしないし、またけっこうあまい。

「あまいですね」

ドンブリのおかわりをして、ぼくはつぶやいた。

「ええ、あまいですよ」

そのひとはわらってる。もう一杯どうか、と言われ、三杯目を飲みながら、ぼくも、どうもおかしい気がした。

「これ、なんですか?」

「え？　ええ、水飴だけど……」

ぼくは、どぶろくの上澄《うわずみ》だとばかりおもっていた。どぶろくと水飴の区別がつかないほど、腹が空いていたのだろう。

そんなわけで、ぼくたちは、まだ正月《ガツ》にならないうちから、二月二十五日の勝山の「左義長《サギッチョ》」のことばかりはなしていた。

だいたい、冬のあいだは、どこでも、高市《たかまち》はすくない。とくに、雪が深いこのあたりでは、高市《たかまち》などほとんどないのだ。（左義長《サギッチョ》はもともと、正月のお飾りを焼く、どんど焼のこと）

勝山は、夏の高市《たかまち》にもいったが、たいしたことはなかった。ところが、雪が降ってる真最中のこの「左義長《サギッチョ》」は、どこから人《ジン》がでてくるのかとおもうぐらい、にぎやかなもんで、バッチリぬける、と竹さんは言う。

「それで、汽車賃《ノリナマ》をこしらえて、ともかく東京《ドエ》にかえろう。しかし、おまえも、そんな恰好で東京《ドエ》にかえるのはみっともないから、左義長《サギッチョ》ですこしよけいぬけるようだったら、バリッとしたランパリ（服）でも買うか」と親分《おやじ》も、毎日たのしみにしていた。

左義長《サギッチョ》ではなにを商売《バイ》するか考えて、ヒツジのバサをやることになった。ぼくが、前の年の五月末、東京《ドエ》から着てきた着物は、ずたずた、ボロボロになり、ネリ公がたかったままますててしまったので、易者《ロクマ》はできない。

だから、コロビの商売《バイ》をするよりほかないが、東京《ドエ》あたりにいるのとちがって、こんな山のなかでは、材料元《ネタ》もないし、だいいち、品物《ネタ》を仕入れる金もない。

しかし、ヒツジ（ちり紙）なら、どこでも売ってるし、勝山の帳元さんの顔で、ちり紙の何帖かぐらい、後払いでもってこれるだろう。それに、紙テープなんて安いもんだ。

そのちり紙を、ふんわりたてに折って（おさえつけて折っちゃいけない）紙テープをまき、さも厚いちり紙束のように見せかけ、ほら、これだけ、三帖でも、百円では安いのを、ヒイ、フウミイ、ヨウ、十二帖おまけに京花のすべっこいのまでそえて、三百円といいたいところ、待った、あわてる乞食はもらいが少ない……なんて調子でやれば、ぜったい商売《バイ》になる——。

大野から勝山まではバスでいった。しかし、ぼくたちは（竹さんも）ほんとに一円もなく、タダ乗りをした。

勝山でバスがとまると、バスの車掌も運転手も文句を言ったが、ぼくたちは、「バスガールのねえちゃん、小うるさいことをいうなよ」とか、「今は、払いたくてもゼニがないんだ。左義長《サギッチョ》でもうけて、がっぽりかえしてやるよ」とか、あつかましくおりてしまった。

ちり紙も後払いで、そこいらの店からもってきた。赤と青の紙テープはどこで都合したのかおぼえていない。

雪は、商売《バイ》がはじまる前から降っていた。それでも、ぽつりぽつり売れて、近所の雑貨屋に元《トモ》のちり紙代は払った。

しかし、あとのちり紙をぜんぶ売っても、東京《ドエ》にかえる汽車賃《ノリナマ》には、ほど遠い。

そして、雪がひどくなり、売れるも売れないも、人どおりが途絶えてきた。

（今年、勝山の左義長《サギッチョ》で東映のロケがあり、ぼくの原作の映画で、ついでにぼくもちょい役ででるので、ロケにくっついていったが、昔は、こんなにお祭の人出はなかった）

品物《ネタ》の上まで雪がつもり、その品物《ネタ》がちり紙だから、雪にはヨワい。雪が小降りになるまで、品物《ネタ》をしまおうかとおもってるときに、女が前にしゃがんだ。臭いがするようなスフのスカートをはいて、つぎはぎに編んだ毛糸のズロースがのぞいている。（こんなとき、ぼくたちヤシは、けっして客の顔は見ないで、口上《タク》をつづける）

それが、なんだか見おぼえがあるような気がするのだ。いや、目におぼえがあるわけではないから、親しさのようなものを感じ、ちらっ、とヤシ道に反して目をあげると、ミヨだった。

「おいおい、軍艦が見えるぜ」

「ほんまに、見える？」

ミヨは、スカートをまくって、自分の股のあいだをのぞいた。

あの防空壕以来、ミヨにはあってないが、ぼくはそんなにおどろかなかった。場所割《ショバ》りのとき、庄田のオジ貴の姿も見ている。

「易者さんは、やめたんけ？」

ミヨはたずね、ぼくは、ベルトもなくて、縄でしめた、これも借着の兵隊ズボンの腿のあたりをたたいた。

「これじゃ易者《ロクマ》はできないよ」

ふんわり、厚みがあるように折ったところを背にしてならべたちり紙につもった雪を、ミヨは指さきではじいた。

〽蝶よ花よ　花よのねんね
まだ乳飲むか　乳首はなせ　乳首はなせ
左義長《サギッチョ》ばやしの三味線の音はきこえてくるが、ひとつ裏通りになったこの道は、雪がうずをまいて吹いていて、人どおりはない。

ミヨにも手伝ってもらって、品物《ネタ》をしまい、ぼくたちは雪のなかをあるきだした。

「どこかに防空壕はないかな」

ぼくは冗談に言ったが、ミヨは真顔で、「勝山にも防空壕があるん？」とききかえした。

左義長《サギッチョ》のはやし櫓《やぐら》が見える表通りをこすと、雪で足がすべる坂道になり、ぼくたちはお寺のなかにはいっていった。もう、左義長《サギッチョ》ばやしの三味線の音もきこえない。

ぼくとミヨは、下駄を脱いで、お寺の本堂の廊下にあがり、そして、重い障子をそっとあけて本堂のなかをのぞいてみた。もう何年も前から、だれもきたことがないみたいに、本堂のタタミがならんでいる。

「ネリ公さがしをしようか？」

ぼくはミヨの手をひっぱった。

「ネリ公、いるんだろ？」

「そりゃ、いるわ。ニンゲンは、だれでも、いつでも、シラミはおるのんよ」

ミヨは、ぼくに手をとられて、本堂のなかにはいり、きょろきょろ、あたりを見まわした。

本堂のなかは、タタミが広いぶんだけ、外よりも寒い感じで、あの防空壕のなかで、電球をはめこむとすぐ、パッパと着てるものを脱いだぐあいには、ミヨもいかないようで、逆に、寒いわとアメリカの放出衣料らしい、冬には（とくに北陸の冬には）むかないブルーの色のコートの襟を、あわせた。

それで……いや、それでというのはウソで、ぼくは、とつぜん、ミヨのからだをたおし、スカートのなかに手を入れて、茶色やきいろ、つぎはぎ編みの毛糸のズロースをひっぱった。

「エッチ、だめ。にいちゃんは、ネリ公さがして言いながら、エッチなことばっかしするんやもん」

ミヨは足をばたばたさせ、すると、毛糸のズロースが解体したみたいに、ほつれた毛糸がいくつも、ぼくの指さきにからまり、そして、毛糸ではない、湿った毛のものもさわった。

ぼくが男と女のことをしたのは、そのときがはじめてだ。

新潟や高岡の曲馬団のテントの裏や、福井のあのミヨのうちのちかくの防空壕のなかでもなん度も、ミヨとは裸で抱きあったりしてたのに、乳くりあうだけで、ミヨのぺこんとへこんだ下腹につづく淡いしげみのなかにはいっていったことはなかった。

それが、どうして、とつぜん、そんな気、そんなことになったのか？
いつおわるかわからない、あれからの長い旅と、長い冬のせいに、ぼくはしたかったようだがこれは勝手なセンチメンタリズムだろう。

〔初出：「オール讀物」1971（昭和46）年9月号〕

母娘《ははこ》流れ唄

二日目の夜で、ふんぎりがつかないような気持になりかかっていた。

「そろそろ、いくか……」

ぼくは自分に言いきかせ、カウンターに手をついて立ちあがった。

悲しいから泣くのではなくて、泣くから悲しい……

プラグマティズムの哲学者だといわれたひとが、どこかで書いていた。

カッコをつければ、ふんぎりもつくだろうか？

ぼくはドアのノブをつかんで引き、あ、と声をだした。

ドアのむこうは、ぽっかり穴があき、その底なしの暗闇を、雪がかきまわしている。

不意に、壁に映画でもうつしだしたような、唐突な、別の世界の感じだった。

しかし、闇をかきまわしている粉雪のうごきにはリアリティがあり、すると、ドアの枠できりとられた長方形の暗闇以外の店のなかが、芝居の書割りみたいにも見えた。

広い通りでもないのに、向いの家も見えない。家どころか、ドアのすぐ外にあるはずの通りも見えない。見えないのではなく、まわりの家も、通りも、なくなってしまったのではないか？

まったく虚無的な闇だ。その闇いっぱいに、雪がふき舞っている。精力的とでもいうような雪のうごきだが、その雪がうごきまわっている闇が、闇という名さえない虚無ならば、雪もまた虚無ではないか。

虚無の舞台におどる行動主義……これは、ドイツでナチスが勢力をもってきたとき、だれかが言った言葉だけど、行動主義こそ、そもそもニヒリズムで……すぐ、よけいなことを考える。

「寒いわ。戸をしめてよ」

ふりむくと、カウンターのなかで、花代が着物の袖のなかに手をいれ、その手で袖口をもちあげるようにして、うちあわせており、ぼくは入口のドアをしめた。

ふんぎりをつけるために、カッコをつけたつもりなのに、逆もどりだ。

逆もどりの動作で、また、カウンターに手をつき、腰をおろす。

「雪が降ってる」

ぼくは、しめたドアに目をやった。つまんないドアの裏側になっていた。

「今ごろの季節は、毎日、雪は降ってるわ」

花代はわらった。カウンターのなかは板張りになっていて、花代は白い足袋をはいている。

白足袋が白いのはあたりまえだが、花代の足袋の白さが、ぼくの目にひっかかっていた。

その前の夜、大阪のホテルに泊り、二日酔なのにへんなふうに朝はやく（といっても九時すぎだが）目がさめてしまい、大阪駅にいき、ちょうど、北陸本線富山行の「雷鳥」何号かがでるところだったので、いくらかやけっぱちな気持で、列車にのった。

東京では用があるのに、やけっぱちな気持で、それをおっぽらかし、というのではない。また、やけっぱちと、おセンチな気持は、そんなに遠いものではない。

もうだいぶ前のことだが、ぼくはテキヤで旅にでて、北陸の福井、鯖江、小松などをまわり、福井から九頭竜川ぞいに奥にはいった勝山、そして、この町で冬をこした。

東京にかえる汽車賃《ノリナマ》ができず、雪のなかで、雪隠づめになっていたのだ。

それから、一度も、このあたりにはきたことがない。よけいなことだが、前夜、ホテルにかえってきたのは明け方ちかく、二日酔で、寝不足で、頭はガンガンし、やけっぱちで、おセンチな気持だった。

しかし、福井の駅のよこで、ぼくたちが商売《バイ》をした、雨や雪が降ればぬかるみになる道があったところはアーケードのある商店街になっていて、おセンチな気持は裏切られ、てんでおもしろくなかった。

それで、電車にのり、鯖江までいったが、大きな通りができたためか、昔の町なみの見当もつかず、裏切られるどころか、とまどってしまった。

当時、鯖江には、二週間ばかり、ひとりで宿屋にとまっていたが、このころから、商売《バイ》にならなくなり、宿賃がたまり、昼逃げのようにして、福井に出、大聖寺にいき、あとで、宿賃を送った。

その旅館が、現在の鯖江の町のどこにあるのかもわからない。食堂にはいってたずねたり、タバコ屋できいたりしたが、だめだった。

だいいち、旅館の名前をおぼえてないんでは、しようがない。

道のはてに、ぽつんとちいさな山が見える景色の記憶をたよりに、その道にある旅館を二つばかりたずねたが、どちらも、とんちんかんなやりとりになった。

考えてみれば、むりもないことで、旅館のひとには、ぼくのおセンチな質問がなんのことなのか（どんな用なのか）理解できず、一軒の旅館で出てきた女中さんは、一週間前からその旅館で働いてます、と言った。

ぼくは、いくらか演技的に苦笑し、こんどは、バスで福井にひきかえし、京福電車にのりかえて、勝山でおりた。

勝山は、九頭竜川にかかった橋も、橋をわたって、町にはいるあたりも、その道と左右にまじわる通りも、あちこちピントがボケながら、記憶の風景とかさなってきた。

ただ、ぼくたち東京からきたテキヤがいた宿屋は見つからなかった。そのころでも、古ぼけた建物で、木賃宿っていうのは、こんなんだな、とおもったのをおぼえている。

この旅人宿で、ぼくたちは、米だけを炊いてもらい、お菜は、自分で買ってきた。豆腐を一ちょう買って、醤油をたくさんかけ、みんなでたべたり、そんな金もないことが、ちょいちょいあった。

ここには、ぼくたちとおなじように高市《たかまち》（お祭り）をまわる傷病軍人の三人組が泊っていて、このひとたちのほうが稼ぎがよく、宿の食事もちゃんとたべて、ぜいたくしていた。

勝山には、吉川というテキヤがいた。どこの一家だったかわすれたが、ぼくたちが勝山にいたときに、盃事があり、七分三分の盃で、はじめて、親分さん、とよんでくれる子分が三人ばかりできたところだった。

このひとの家は（といっても、土間があって、一間きりだったが）まんなかに堀のある道に面していた。

九頭竜川からの水が、いきおいよく流れていた堀だ。そして、堀のむこうの道の反対側にはお寺があったんだがなあ……。

と、昔の廓《くるわ》のちかくの飲屋で、土地の者だというおかみさんに、吉川の消息をきいたがわからなかった。

堀はコンクートの蓋がしてあって、下で水がながれてる音だけがした。

雪ではんぶん埋ったちいさな川（水がきれいだから溝と言っちゃわるい気がする）にかかっ

た、ママゴトみたいな橋をまたぎ、そのそばのべつな飲屋にはいると、しばらくして、奥からおばあさんがあらわれ、「今、娘は、ちょっと外にでてるもんで……わたしのような、ばばあでよかったら……」と皺々の恥ずかしい顔をした。

しかし、この（こんな）おばあさんも、吉川のことはしらなかった。

吉川は、ちっぽけな親分だけど、この土地ではテキヤの親分で、お祭りのときなどは、スターのはずだったのに……。

ぼくは、ふしぎな気持で、勝山の駅にもどっていった。こんなことでは、勝山にいたってしようがない。

駅の待合室のなかは、人いきれで、湿ったにおいがし、外にでると、暗さとつめたさが、これまた湿ったアンサンブルで、袖口や襟もとからしみこみ、ぼくは腹がたった。

だけど、この線の終点のこの町では、そんなことはあるまい、とおもった。

なにしろ、十一月ごろから、雪にとじこめられて、冬をこし、春おそく雪がとけるまで、半年あまりいたところだ。

かなり前のことだが、きっと、知ってる者もあるだろう。そのとき、厄介になった土地のテキヤの岩ちゃんは、今、どうしてるか？

ぼくは駅をでて、まっすぐあるいていった。駅の位置が変っていなければ、この通りが、町のいちばんにぎやかな通りだった。

左手に旅館があって、もうすこしいくと、やはり左手に映画館があり、そして、右手に飲屋があり、ここに、新潟からながれてきた女がはたらいていた。

ながれてきた、なんてインチキじみた言葉で、それに、この女は、ぶりんとふとっていて、流れて、というイメージでもなかったが、はなしをきくと、ほんとに、北陸のあちこちを流れあるいていた。

しかし、流れ流れてとはいえ、なぜ、こんな、もうこれ以上線路もない町にきたのか？

だが、それは、ぼくだっておなじことだ。テキヤ仲間とも別れ、ぼくは、追われて逃げるようにして、この町にきた。

好きできたわけでも、くる理由があってきたわけでもないから、やはり、なにかに追われていたのだろう。

この女も、おなじようなものだったのかもしれない。

ともかく、ここよりさきは山と雪で、もう逃げようもない。

女は、もとは、新潟のテキヤの女房で、亭主は刑務所にはいってる、と言った。

もちろん、男は、そのテキヤの亭主ばかりではあるまい。酔うと、パンパン英語もしゃべった。

ぼくと女とは、駅からきた道から左にはいったお寺の本堂で、たいへんに即物的なセックスをした。

しかし、女は、金をくれとは言わず、また、ぼくに金がないこともしっていて、これは、おなじ境遇の者へのサービスか挨拶みたいなものだったのだろう。

お寺をでて、あるきだしたとき、女の着物のお尻のところが、かなり皺になってるのに、ぼくは気がついた。

その着物は、飲屋で貸してくれたもので、赤い、ぴらぴらの、いかにも、田舎町の飲屋の女がきそうな着物だった。

女は着物をきたまま、お寺の本堂のタタミにあおむけになったのだが、そんなに皺がよったのは、スフとか人絹とかいう安物の生地だったからにちがいない。

女は、店から借りたそのぴらぴらの着物を昼間もきていた。ほかに着るものがなかったからだ。

旅館は、ぼくがおぼえてるあたりに新築でたっていたが、映画館も、昔女がはたらいていた飲屋も目につかなかった。

駅からの通りをくると、角に薬屋があり、そこを左にまがると、川があって……このあたりが、町の中心だった。

通りの両脇に、ひっかき傷のみみず腫れみたいに、ひくくもりあがったものが、長くつづいていて、じくじく、水がながれていた。

道路の雪をとかすためのものだろう。たくさん穴があいたビニール管が、店さきにのたくってるところもあり、その穴から、やはり水がでている。

東京でも大阪でも、乾いた天気だったのに、福井までくると、北陸の冬の雨が降っており、それが、勝山まではいるとみぞれになり、もっと奥のこの町では、雪がちらついている。定石どおりなのが、ばからしく、頭にきた。腹がたつのは、乾いた表日本では、どうしても考えられない定石だからだ。

ぼくは、靴のなかまで、じっぽり濡れてきた。福井でゴム長を買えばよかった。しかし、脱いだ靴をもってあるくのはめんどうだし、新しい靴でもないけど、すててしまうのは惜しい。

ひらったい橋（ということは、川床がすぐ下にある）をわたり、もとの廓のほうにいく。ここにくる電車のなかで、そのあたりには、バーとか飲屋が何軒かある、ときいたからだ。

できたばかりのようなバーがある。新築で壁がまだしめっていて、赤や青のネオンが意気ごんでついてるみたいなバーは、なぜか危険な気がする。

よどんだ掘割の前に、格子戸がはまった昔の廓の建物らしい家もあった。

小料理、というような看板もさけて、酒、と一字、赤提灯にかいた店にはいる。

客はなく、オバさんというより、やはりおばあさんとよぶほうが似合う店の女が、石油ストーブにあたっていた。

なにもせず、居眠りをしていた気はいもなく、じっとうごかない姿勢で、石油ストーブにあたっている。

酒を注文し、お銚子を一本あけたところで、ぼくは、岩ちゃんのことをたずねた。

岩ちゃんは、足がわるく、それもかなりひどいビッコだった。

この町の菓子屋の息子で、子供のときに病気をして、こんなになった、ときいたような気がする。

それを、岩ちゃんは、ソロモン沖海戦で、敵の巡洋艦の大砲の破片があたった、とほかの土地で商売《バイ》をするときには言っていた。

「不肖、もと海軍少佐村野岩太郎が、戦時中の経験をいかし……」

というのが、岩ちゃんの口上《タク》のなかには、いつもはいっていた。

それが、けずり（インクのしみ消し）のときでも、今川焼を売るときでもおんなじで、みんなわらっていた。

もと海軍少佐、と言うときに、岩ちゃんは、それこそ広瀬中佐みたいなヒゲをひねった。

岩ちゃんは、顔の面積がひろく、まあまありっぱなヒゲで、海軍少佐はむりでも、兵曹長ぐらいの顔には見えないことはなかったが、その顔をのせたからだが、足がわるいため、あるくと、ぴょこたん、ぴょこたんかたむき、それをまた、みんなでわらった。

ぼくは、雪が降りはじめるころ、この、これ以上いき場所のない町にきて、二晩ほど、駅の待合室で寝たあとは、あくる年の五月まで、岩ちゃんのところにいた。

その岩ちゃんも、妹さんの家の裏のほうに、むりやりわりこんだかたちでいて、そこにぼくも泊っていたのだ。

前に、ぼくは、岩ちゃんのところに厄介になっていた、と言ったが、そういう言葉をつかっただけだ。

はじめのうちは、宿泊費をはらったし、そのうちなしくずしみたいなカッコで、ぼくは、岩ちゃんの稼ぎ込みの若い衆のようになってしまった。

雪は降るし、ちいさな町なので、人《ジン》も枯れ、おまけに、どこにもいきようがなくては、だれの稼ぎだろうと、それで米を買って、みんなで食べるよりしかたがない。

赤提灯の飲屋のおばあさんは、ぼくがしゃべる岩ちゃんのはなしを、ほうけ、ほうけ、と深くうなずきながらきいていたが、しゃべりおわって、今、岩ちゃんはどうしてるか、とたずねると、そんなひとがいたこともしらないと言った。

この町で、テキヤと名がつくのは、岩ちゃんひとりぐらいではなかったか。

人通りはあまりないが、町の目抜通りで、広瀬中佐ヒゲをはやして、鉢巻をし、声をからして口上《タク》をどなっていた岩ちゃんをおぼえていない者がいるなんて、ぼくには信じられなかった。

岩ちゃんは、この町でいちばん目立つ人物ではなかったか。

あのころは、町の者はみんな岩ちゃんをしってたし、岩ちゃんといけば、映画館も銭湯もタダだった。

目立つといえば、ただ町の通りをあるいても、岩ちゃんはひどいビッコで、いやでも目立った。

しかし、赤提灯の飲屋のおばあさんは、いろんな物売りのひとや、足のわるいひともしってるけど、そんな名前とはちがう、死んだ亭主が、町の世話役みたいなことをやっていて、わたしは、この町のことならくわしいんだが……と言った。

勝山で、やはりテキヤの親分だった吉川のことをおぼえてる者がいなかったときは、ふしぎな気持だったが、こんどは、ふしぎをとおりこして、そんなはずはない、とぼくはいらだたしい気持になってきた。

お銚子二本だけにして、掘割のよこの道に出、なるべく古そうなバーにはいる。といっても、バーが何軒もあるわけではない。

このバーでも、だれも、岩ちゃんのことはしらなかった。お酉《トリ》さまの縁起物の熊手みたいなつけまつ毛を目にぶらさげ、ごてごての厚化粧をしたバーの女たちは、しらない、と首をまげるとき、厚化粧の下で、一瞬、子供っぽい顔になった。

バーで使った金を後悔しながら、また、駅からの通りにもどってみる。

もう店は、みんなしまっていて、表の戸をとじてるだけでなく、あかりもほとんど見えなかった。

靴のなかはもちろん、ズボンも雪に濡れてきて、足首につめたくからまる。

岩ちゃんのところは、駅からの通りを、たしか、このあたりで右にはいったあたりで……

よこにそれてわき道にはいると、道が舗装してなく、べっちゃり、べっちゃり靴底が泥と雪のなかにしずんだ。

あたりはくらく、それも、暗幕をいくつも張りめぐらしたように、闇のむこうに、闇がかさなっている。

ひきかえそうかとおもったとき、ひょっこり、角のむこうに、きいろい灯が見えた。

焼肉という字が、きいろい灯にうきあがっている。ぼくは焼肉は好きではない。だけど、ぼくは飢《かつ》えたように、そのきいろい灯のなかにはいっていった。

そして、やはり飢えたように、のっけから、岩ちゃんのことをたずねた。

しかし、銀の印鑑つきの指輪をした店の男は、なん度もくりかえすぼくの質問に、なん度も首をふっただけだった。

そのうち店の男のおやじさんが、奥からでてきたが、おやじさんも岩ちゃんのことはしらなかった。

岩ちゃんのところ、岩ちゃんの妹のうちは、ついこの近くにあったはずだ。

半年もすんだところだから、ぼくの記憶もそんなにまちがってはいまい。

また、たとえいくらかちがっていても、ちいさな町のことだ。だれも、岩ちゃんのことをおぼえていないというのはおかしい。

ぼくは、ふしぎな気持から、いらだたしい、あせった気持になり、そして、またふしぎな気持にもどり、それもとおりこして、ぼんやりしてしまった。

ぼくは、べつな世界にきているのではないのか？

二日酔のおセンチな気持で、ぼくは列車と電車にのりかえ、ここにきたが、ぼくがさがしていたところは、列車ではなく、タイム・マシンにのらなければ、いけないところだったのだろうか？

それとも、コーネル・ウールリッチの「幻の女」のように、この町のひとたちは、なにかの理由で、岩ちゃんの存在を抹殺しようとしているのか？

町のひとたちにとって、岩ちゃんは恥ずかしい存在だったにちがいない。ヤクザ者で、ひどいビッコで、酔っぱらいで……。

岩ちゃんの家は、この町でもいい家だったらしい。その長男で、わがままに育って、足がわるくなってからは、よけいわがままになり、ひとからはわらわれ、からかわれ、グレてヤクザになった……。

妹さんも、さぞめいわくだっただろう。ぼくが岩ちゃんのところにきて二、三日後、妹さんは、岩ちゃんが自分の住居のほうにこれないように廊下に板壁の境をつくった。

親戚や、町のひとたちにも、岩ちゃんは迷惑のかけどおしだったにちがいない。

岩ちゃんといっしょだと、映画館も銭湯もタダだというのは、映画館や銭湯にすれば、めいわくなことだ。

今でも、岩ちゃんがこの町にいるなら、迷惑な存在だろう。

その岩ちゃんを、へんな他所者《よそもの》が、たずねてまわっている。なるべくかかり合わないように、岩ちゃんのことはしらない、とみんなでこたえているのではないか？

いやいや、そんな小説じみた（大げさな）ことが現実にあるわけがない。

だいいち、岩ちゃんは、たとえめいわくがられても、町のひとから怖《おそろ》しがられるようなヤクザではなかった。

だけど、どうして、みんな岩ちゃんのことをしらないのだろう。

忘れてしまっていても、ぼくが岩ちゃんのことをはなせば、おもいだすはずなのに、知らないというのは……？

焼肉屋をでたぼくは、雪と泥の道を、そろそろ、足さぐりであるきだした。

つめたく、ねばっこい闇だ。かきわけても、かきわけても、底なしにつづいてるような闇だった。

ぼくは、なんとか、駅からの通りにもどった。

やはり、この道をいくよりしかたがない。ぼくは、通りをひきかえし、左にはまがらずに、まっすぐあるいていった。

昔も、あまりいったことがない界隈だ。どこにいく道なのかもしらない。

おセンチな気持は、もうなくなっていた。おセンチでやけっぱちな気持で、この北陸の町にくるため、大阪から列車にのったが、やけっぱちにおわったようだ。

ひろい、大きな通りがあった。雪を、うんと高くつみあげてある。

まっすぐあるいてきたんだから、この通りも、まっすぐよこぎった。

くらくて、はっきりわからないが、道の両側とも、古い家なみがつづいている。商家ではなく、しもた屋だ。

もちろん、こんな山のなかの町には、空襲もなかった。

ともかく、家なみがきれるところまでいってみよう。しかし、結局は駅からの通りにもどるよりしかたがないだろう。だが、もどってどうするか?

闇の奥に白いものが見えた。白い雪でも闇のなかでは白くは見えないのに、これは、あざやかに白く、ひかっていた。

もうおそらく町のはずれに、こんなバーがあるなんて……。

白い門灯にはバー「花代」とかいてあった。

バーといっても、飲屋が、そのままバーの看板をだしたような店だ。

なかにはいって、もみじ色とむらさきのちいさなザブトンを白いきれでむすびつけた丸椅子に腰をおろす。

からだじゅう、頭のなかにまでこびりついた、ねばっこい闇を、あったかい電灯のシャワーであらいおとしてるみたいな気持だった。

ともかく、こびりついた闇をはらいおとすまで、いくらか時間がかかり、そのあいだ、ぼくはだまって丸椅子に腰をおろしていた。

カウンターだけのちいさな店で、そのカウンターも、五、六人、客がならべば、いっぱいになるだろう。

昼間、表からみると、となりの古めかしい土蔵のある家のよこに、まるで、雨戸の戸袋みたいにちっこく、この店はくっついていた。

しかし、ちいさいため、よけいあかるく、あったかい感じで、それにこの店には客がいた。

さいしょにはいった飲屋でも、バーでも、焼肉屋でも、客はだれもいなかった。

がっしりしたからだつきの客で、材木の仕事をやってるような話しぶりだったが、わらうと、金歯がずらっとならんでいた。

金歯は、その男のまだ若い、陽焼けした顔とは、てんでちぐはぐにひかった。

ぼくは、はじめて、花やいだような気分になったが、それは、やはり、カウンターのなかの女のためだろう。

といっても、べつに花やいだ顔かたちでもなく、着てる和服もきつく襟をあわせ、歳にしては地味な色だった。

それに、客は、ぼくと若い金歯の男との二人だけなのに、せわしなくうごきすぎ、流しが、カウンターの奥のすこし高いところにあるため、まるでジャンプするみたいに、白い足袋で踏み台にのぼった。

歳は二十一、二だろうか、女は地味な柄の着物には似合わない、大きな、弾んだ声をだした。

「きみが、ここのママ?」

「ママもなにも、ひとりきりじゃないの」

女はわらった。

しろい透明な花の茎が水を吸いあげるみたいに、笑い声が、くっくっ、と喉をあがってくるのが見えるようだ。

ほそい首すじだが、しなやかで、きつくあわせた着物の襟のあいだに、しゃっきりたっている。頬っぺたがまるくて、顔ぜんたいも、きゅんとまるめて目鼻を描いたみたいな感じだ。

そのすこしとがった顎の下から、まっすぐ首がのびていた。

昔、桃割れに結った顔だけがあって、首のところはお箸のような、さきがとがった棒になった人形があった。

ちょうど、そんなふうに、首が襟もとにつながっている。

乳房のふくらみが、帯の上にこぼれて、やわらかいループのまるみをつくっていた。しめつけた帯の下には、若い女のとがった乳房があるのかもしれない。

若い金歯の客は勘定を払いたちあがった。下からみると、喉仏まで陽焼けしている。いや、雪焼けというのだろうか。

客は、ぼくひとりになり、ぼくはお燗の湯気とまじりあってるような、しとった、温《ぬ》くぼったい気持にしずんでいった。

今まで飲んだ酒の酔いもまわってきてるらしい。

やはり、酔えなくて、あるきまわっていたのだろう。

この店にきてから、岩ちゃんのことが頭からなくなっているのに、ぼくは気がついた。

また、まだ二十一、二のこの若い女に、岩ちゃんのことをたずねてみても、しようがあるまい。死んだ亭主が町の世話役かなんかで、この町のことにはくわしいと言った、さいしょの飲屋のおばあさんも、岩ちゃんのことはしらなかったんだから……。

「この町は、はじめて……?」

客は、ぼくひとりになったので、女は、前に腰をおろして、お銚子をとりあげた。

「いや……」

ぼくは、しとった温くぼったい気持でつぶやいた。

「前にも、いたことがあるんだ。半年もね」

「お仕事で……?」

仕事か……ぼくはわらった。

「岩ちゃんというテキヤが、この町にいたんだよ。その岩ちゃんのところに、ぼくは泊ってた。ところが、だれにきいても岩ちゃんのことをしらないんだな」

ぼくは、やけっぱちな気持ではなかった。しとった温くぼったい気持で……このまま眠りこんでしまいそうだ。

「岩ちゃんて……苗字は?」

「村野岩太郎っていった。昔のはなしさ」

「死んだわ」

「えっ？」

ぼくは、ほそい、しろい首すじから、女の顔に、視線をあげていった。

「ちょうど、ふた月ほど前……」

「どこで？　いや、やはりこの町で……？」

「養老院にはいって……」

「だけど……どうして、岩ちゃんのことを知ってるんだ？」

それこそ桃割れが似合いそうな女の顔が、お人形の顔には見えなくなった。すくなくとも、にっこりほそいお人形の目ではない。

「お客さん、なぜ……ひとにきいたり、さがしたりしたの？」

あやしんでいる、というような女の声ではなかった。今まで、ニンゲンだとおもっていたものが、頭も手も、うごいてる口も、じつは、無数のちいさな虫のあつまり、蚊柱のお化けだと気がついたみたいな顔つきだ。

「おセンチな気持からだろうな。岩ちゃんは死んだのか……。岩ちゃんの女房のこともしってる？」

「母も死んだわ」

「すると、きみは……」

ぼくは、酔いのもやをかきわけるようにして、女の顔をみつめた。

「村野岩太郎は、わたしの父です。ほんとのおとうさんじゃないけど……」

「うん……」ぼくはうなずいた。「きみたち母娘《おやこ》を、岩ちゃんのところにつれていったのはぼくなんだ。もうひとり、きみの妹がいただろ」

「姉よ。姉はお嫁にいってたけど、かえってきて死んだの。うちにもどった姉が母と相談して、いやがる父を養老院にいれたあとすぐ姉は寝こんで、そのまま死んじゃった。母のは、ほんとにポックリなの。姉ちゃんの葬式にも、おかあちゃんの葬式にもとうちゃんはからだがうごかなくて、養老院からかえってこれず……養老院の部屋の布団のなかで泣いてたわ。あの……わたしたち母娘《おやこ》をとうちゃんのところにつれていったというのは……前に、うちのおかあちゃんを知ってたの？」

女（花代）は、あやしんでる顔でも、また、ふしぎな生物を見るような目つきでもなくなっていたが、理解できないという表情だった。

「うん、まあ……」

ぼくはこたえをしぶった。

「うちのおかあちゃんとは、どこで？」

「……駅でね」

「どこの駅？」

「ここの駅さ」

花代が下の娘のほうだとすると、まだ、ほんの赤ん坊だったから、あのころのことはおぼえていまい。

しかし、せまい町なので、そのころの花代母娘についてのかげ口は、花代の耳にもはいってたかもしれない。

くりかえすが、追われて、流れて、ぼくは、これ以上いき場所がないこの町にきた。

追われて、といってもただ腹がへって、追いつめられたような気持でいただけだ。

じつは、このあたりの北陸の大きな町も、ちいさな町も、ほとんどあるきつくしていた。

テキヤの商売は、客に顔をしられてきたら、もうダメだ。だから、東京の新宿あたりでも、平日《ひらび》をながくつかってれば、人《ジン》が枯れる。

北陸への旅も、はじめは高市《たかまち》をまわっていた。

それが東京にかえる汽車賃《ノリナマ》がつくれないまま、秋になり、考えもつかなかった北陸の天候の定石通り、雨の日がつづき、雪が降りだし、雪から逃げだすこともできず、逆に、雪のなかに迷いこんだようなカッコで、いちばん雪が深いこの町にきた。

じつは、このあたりで、商売《バイ》をしてないのはこの町だけだった。しかし、ここまでくると、もうさきにはいけない。

終点のこの町の駅でおりたのは、夜だったとおもう。そして、夜でも、ぼくは商売《バイ》をしようとしたにちがいない。

だけど、夜の暗い軒下で、商売《バイ》になるわけがない。いくらか稼いだかもしれないが、おそらく、うどんを一杯たべるぐらいのもので、宿賃はできなかった。

だから、駅の待合室で寝たんだろう。それまでも、何度も駅の待合室で寝ている。

これでも、北陸にいって、がっぽり稼ぎ、温泉につかってくるつもりだったのだからおかしい。

いや、そもそも、なぜ、テキヤになんかなったのか、とおっしゃるだろうが、いろいろ言ってみても、ウソになる。

そのころ、ぼくは大学に籍があったが、学生だった、と言えば、もうウソだろう。

だいいち、そのまま大学にはいかず、籍を消されている。

また、このことは、若いときの出来事というようなものでもあるまい。商売《バイ》にならないテキヤで、このあたりをうろついてたときも、ミステリの翻訳をやって食っている今も、気取った意味でも、ケンソンした意味でもなく、ぼくにはおなじようなことにしかおもえない。

終電車がでると、駅の待合室にはだれもいなくなった。

そして、下りの終電車がつき、何人かおり、待合室をよこぎっていった。

そのあと、駅員がきて、ストーブの火をたしかめ、ちらっと、ぼくのほうに目をやって、電灯を消した。

雪の深いところなので、改札のほうも扉がしまるようになっている。

くらくなると、埃のにおいが鼻をついた。しめった埃のにおいだ。

待合室の片側は板壁だが、ベンチは窓ぎわのほうにしかない。ベンチに寝ころがると、窓ガラスが頭の上にあり、金属的な音をたてて、雪が窓ガラスにあたっていた。

待合室には、まだ雑多なあたたかみが残っているが、ストーブの火が消えれば、手足がしびれるほど温度がさがるだろう。なにしろ、外は雪だ。

眠れなきゃ、おきてるよりしかたがない。そして、明日、商売《バイ》のあい間に、また、この待合室にでもきて、眠ればいい。

明日、テストがあるわけでもないし……。テストなんてことが頭にうかんだのがおかしかった。おかしい気分のうちに、そして、まだストーブに火があるうちに眠っちまおう、とおもったときに、待合室の入口の重いガラス戸をひきずるようにしてあける音がした。

ひとのかたちのシルエットのうしろで、色をなくした雪がおちている。

女と、手をひかれた子供だ。女は、もうひとり、赤ん坊をだいていた。

あかりを消し、ひとが寝しずまったあとで、子猫をつれて、そっと、軒下に寝にくる野良猫のような……粗雑な言いかただが、そんなひそかな動作だ。

女は、大きな包みをもっていて、そのなかから、あれこれぼろをだして、ベンチに敷き、赤ん坊を寝かせた。

しかし、手をひかれていた子供（女の子だった）は、ベンチにからだをすりよせるようにして、ぼくが寝ているところにくると、じっと立って、ぼくの顔を見ていた。

ただの子供の好奇心のようなものだけでなく、警戒していたのかもしれない。

犬や猫、動物の目は、夜ひかるが、ニンゲンの目はひからないというのはウソだ。

この女の子の目は、電灯を消された暗い待合室のなかでひかっていた。

母親は、ひくい声で、なん度か女の子の名前をよんでたが、女の子がぼくの前からうごかないので、こちらにやってきた。

「おじゃましてます。宿にとまる金がなかったんでね」

ぼくは仁義をきった。女が大きな包みから、ぼろをだしてベンチにならべたときの慣れたやりかたを見て、この待合室の住人だとおもったからだ。

女は、ええとか、へえとか、言葉にならないことをつぶやき、女の子をひっぱり、自分たちの寝ぐらにかえっていった。

雪は朝まで降りつづけ、あくる日も一日降っていた。

夜明けに寒くて目がさめたとき、雪の音がやんでるようにおもったが、窓ガラスにまで雪がつもり、音がしなくなっていたのだ。

雪が降っては、もちろん商売《バイ》はできない。雨が降っても商売《バイ》はできないが、こんな雪は、またちがう。

町ぜんたいが雪に埋ってしまっている。雨で町も通りも埋ってしまうということはない。

しようがないので、ぼくは駅の待合室で商売《バイ》をした。待合室のなかで、三寸台《サンズン》を組み、口上《タンカ》をつけるわけにはいかない。

だから、列車のなかでやるハコバイ要領で、ちょろちょろ品物をだし、いくつか売れた。

しかし、それぐらいでは宿代はでず、つぎの夜も駅の待合室で寝た。

このときも、駅員が待合室の電灯を消したあとで、女は子供をつれ、入口の重い戸をあけて、そっとはいってきた。

女の子は、前の晩とおなじように、ぼくが寝ているそばにきて、じっとつっ立っており、ぼくは寝たまま手をのばし、駄菓子屋で買ってきたポン煎餅をやった。

女の子は、まるいポン煎餅を口にくわえ、くらがりのなかでひかる目で、まだぼくの顔をみつめており、母親が肩をおしても、なかなかうごかなかった。

それで、ぼくはからだをおこし、母親にもポン煎餅をやったが、母親はポン煎餅を口のなかで嚙んで、ぼろの上に寝ている赤ん坊の口にいれた。

ぼくは、なんだか寝そびれた気持で（駅の待合室のベンチで寝そびれるもないが）タバコに火をつけた。わずかな売上げ《バイナマ》からタバコを買ったのだ。

そして、タバコを吸ってるうちに、くらがりのなかで、女の顔がこちらにむいてるのに気がついた。

女のほうに視線をやると、いそいで目をそらす顔のうごきがわかったのだ。

女は、タバコに飢《かつ》えてるのではないのか？

やはりそうで、一本やると、深くけむりをすいこみ、電灯を消された待合室のくらがりを、ちいさく、ぼんやりあかるくするタバコのさきをみつめていた。

みじかくなったタバコも、女はすてず、かるくさきをたたいて火を消し、紙につつみ、大きな包みにいれた。

「夜中になると寒くってねえ？」

ぼくはつぶやいた。女は赤ん坊を胸にだき、赤ん坊の足の下に女の子が頭をいれて、母親のヘソのあたりに顔をつけ、腰にしがみついて寝ている。

ちょうど、子供二人ぶん寸法にあってるといったカッコだ。

「そっちは、子供を二人抱いてるから、あったかいだろうなあ」

よけいなことを、ぼくは言い、女はわらった。

「あっためて……ほしいのけ？」

女は、わらうと糸切歯がでた。まるいものをいれた袋を、きゅっとしぼったような顔つきで、へんなはなしだが、カミナリの子とてるてる坊主の両方に似ている顔だった。

もっとも、電灯を消した待合室のくらがりで、そんな顔つきまでわかったわけではない。

この女の場合も、おなじ境遇の者にたいするサービスとか挨拶とかだったのかもしれない。

女は、そんな歳でもないのに乳房が風袋《ふうたい》だけみたいで、乳はでず、赤ん坊も乳首をしゃぶってるだけだった。

その乳房もつめたく、トルソの底になるしげみのなかにだけ、わずかなぬくもりがあって、オシッコ臭いようなにおいがした。

事実、身につけているものにしみこんだオシッコのにおいだったのかもしれない。ベンチに敷き、からだにもひっくるんでるぼろも臭った。

入口と改札の扉は、下はんぶんは板張りでも、上はガラスだし、待合室の片側は、ずんべらの窓ガラスだ。

いくら、あたりは雪に埋もれて眠っているとはいえ、そんな見とおしの駅の待合室のベンチの上でかさなり、腰をうごかしてるのは、こっけいで、窓ガラスのほうにむいた背中がこそばゆく、ぼくは、中途はんぱでおわってしまった。

その女が花代の母親で、まだ若いのに風袋だけみたいな母親の乳房をしゃぶっていた赤ん坊が花代だ。

しかし、その翌日は雪が降りやんで、朝市もたち、ぼくはひさしぶりに商売《バイ》になった。

そして、駅からきた通りが左にまがる角で口上《タク》をつけてるとき、ぴょこたん、ぴょこたん、ビッコをひきながらあるいてくるヒゲの男がいて、それが岩ちゃんだった。

岩ちゃんは、ここはおれの縄張《ニワバ》だ、と威張った口をきき、ぼくたちは、おひかえなすって、と仁義《アイクチ》をとおし、岩ちゃんは、うちにこないか、とさそった。

宿屋よりも、うんと安くとめてくれるという。じつは、二階が空いていて、宿《ドヤ》がわりに、旅《たび》人《にん》に寝泊りさせ、食事をだして、それで、雪で商売《バイ》のできない冬のあいだは食っていく計画をたてた、どうだい、おれは頭《ベテン》が良《ハク》いだろう、と岩ちゃんは言った。

しかし、自分でも商売《バイ》ができない、北陸の雪の深い町に、よその土地から、わざわざ旅人がくるだろうか？

ともかく、商売でひとを泊めるのなら、ほかの者をつれてきていいか、とぼくはたずね、岩ちゃんは客はおおいほど大歓迎だ、ともと海軍少佐のヒゲをひねった。

ほかの者というのは、花代母娘のことだ。前の夜、駅の待合室のベンチの上で、花代の母親が、ぼくをあったためてくれた（ほんとに、局部的にあったためてくれたわけだが）ことへのお礼なんて気持ではない。

からだはかさねても、名前もしらない相手だし、二晩、おなじ待合室で寝ただけだが、そのあと、ぼくひとり、家と名がつくものの布団のなかで寝るのは、おかしいような気がしたのだ。

ところが、へんなことになった。花代の母親が、岩ちゃんの女房になっちまったのだ。

ほんとに、アッという間のことだった。だいたい、岩ちゃんは、この町はおれの縄張《ニワバ》だ、と威張った口をきいてるけど、子分がひとりでもいるわけではない。

旅人を泊める宿を開業するといっても、メシを炊いたり、オカズをつくったりするのは、岩ちゃんは自分でやるつもりだったのだろうか？

花代の母親は、ぼくがつれてきたときから、さっそく、岩ちゃんのところでのカミさんの仕事をたのまれ（はじめは、そのかわり、宿代《ドヤ》を安くする、というような約束だったとおもう）二階の部屋に寝たのは、ほんのひと晩か二晩で、岩ちゃんの布団に寝るようになった。

「なんだか、あんたに悪いようで……」

岩ちゃんがいないとき、花代の母親は言ったが、あんまりすんなりくっついちまって、ぼくは、当然のことのような気がした。

しかし、花代の母親は、ちいさい子供と赤ん坊をかかえ、いったい、どこから、こんな雪の深い町にきたのか？

おそらく、ぼくとおなじようにいき場所がなくて、もうこれ以上線路がないところにきたのだろうが、子供たちの父親は、どんな男で、どうして別れたのか？

町のひとたちが、岩ちゃんが、駅の待合室に寝ていた子供づれの物乞いの女といっしょになった、とかげ口を言ってるのも、ぼくは何度かきいた。

しかし、岩ちゃんは、まるっきり気にしていなかった。岩ちゃんはわがままで、とんちんかんな男だったが、ぼくが岩ちゃんを好きなのはそんなところだ。

テキヤと乞食《バタコウ》の女と、ちょうど似合ってるじゃないか、と岩ちゃんはわらった。自嘲というようなわらいかたではない。だいいち、そんな器用なことのできる男ではない。

花代の母親も、岩ちゃんがそう言うと、まあ、とにらむ真似をした。そんなカッコは、げんに、もう乞食《バタコウ》の女ではなくて、岩ちゃんの女房だった。

そのとき、岩ちゃんとおなじ布団の母親のそばに（そんなに布団もあるわけではないので、二人の子供もいっしょくたみたいに）寝ていた赤ん坊が花代だったのだ。

雪でべとつく、くらい道をあるきまわったあと、奇跡みたいにしてあった花代だが、もちろん、赤ん坊だった花代はぼくをおぼえてるわけがなく、はなしは、すぐ途絶えてしまった。駅の待合室でのことなんか、しゃべるわけにはいかないし……。

若い金歯の男がかえったあとは、ほかに客はなく、花代はちいさなあくびを噛みころしたりしていた。

「旅館はどこに泊るの？」

花代はたずね、ぼくは、まだ旅館はきめてないとこたえ、花代はおどろいた。

「この町では、十時になれば、みんな寝てしまうのよ。大国屋さん、まだおきてるかしら……」

電話がないので、花代ははしって、旅館に部屋があるかききにいってくれ、白い足袋をすこしよごしてかえってきた。

「大国屋さん、もうしめるところだったわ。お部屋たのんでおいたから……おフロはおとしたって……」

「へえ、岩ちゃんは死んだのか……」

ぼくは、ただ、くどくどくりかえし、いつのまにか、カウンターにつっぷし、花代におこされると、カウンターによだれの地図ができていた。

花代は旅館までおくってくれ、くぐり戸の場所をおしえ、くらい、つめたい夜の闇のなかにしゃきんとたった首で、おやすみなさい、と言った。

つぎの日、ぼくは、旅館の耳がとおいおばあさんに、何度も、電車の時間や、バスの時間、それに新しくできた国鉄の駅の発車時刻をきいたが、ずるずる夕方まで、旅館にある古い女性週刊誌の皇室記事なんかを読んでいた。

映画も、この町では、午後のおそい時間にしかはじまらない。(ついでだが、旅館の耳のとおいおばあさんも、岩ちゃんのことはしらなかった)

そして、日がおちると、花代の店にいった。花代は店をあけたばかりで、たすきをかけ、カウンターの上には、買物をしてきたものがならんでいた。

ぼくはビールを飲み、酒を飲み、またビールを飲み、だらだら飲んでいた。

八時ごろまでは、何組か客があったが、それ以後は客はなく、ぼくと花代は、ぽつりぽつりだが、おしゃべりがつづいた。

昨夜は、すぐ、はなしが絶えたのに、どういうわけだろう。

花代は、かあちゃんは、けっこう、とうちゃんに意地悪をしていた、と言った。寝たっきりの岩ちゃんのそばでタバコを吸い、岩ちゃんがタバコをほしがっても、しらん顔で吸っていたという。

ぼくは、あの夜、駅の待合室のくらがりのなかで、タバコを吸いこんでいた花代の母親のことをおもいだした。

花代の母親は、わらうと糸切歯がでた。まるいものをつつんで、上できゅっとしばったような顔つきで……そういえば、花代の頰のあたりの輪郭もそんなふうだ。

しかし、花代の母親の顔つきは、じつはコトバとしてぼくはおぼえてるだけで、フォルムの記憶はなかった。

はなしがとぎれると、ぼくは花代に酒をついだ。

「岩ちゃんもよく飲んだからなあ、あ、岩ちゃんとは、血のつながりはないのか……」

「ううん、わたしがお酒が好きなのは、とうちゃん仕込みよ」

花代は酔って、耳たぶが赤くなった。そして、足もとをすりあわせながら言った。

「見ちゃいやよ」

カウンターのうしろに花代はかがみこみ、なにをするのかとおもったら、足袋を脱いだ。

「お酒を飲むと、足の霜焼がかゆくなって、たまらないの。見ちゃ、いやだったら……」

花代は眉をよせ、目をとじて、霜焼に爪をたてた。

うーん、とうなっている。その表情は、安っぽい春画的な発想だが、男のからだの下になったときの女の顔つきにも見えた。

花代には旦那がいて、子供もいるという。だけど、わたし二号じゃないけど、そのひとには本妻がいるの、と花代は言った。

旦那はこの町にいるのかい、とぼくがたずねると、花代は、それが……と言いかけてやめた。北陸の訛で、が……のところが長く尾をひき、バイブレーションがはいる。

ぼくは、だらだら飲んで、また酔いつぶれ、花代におこされ、そして、ふんぎりをつけようと、立ちあがり、入口のドアをあけると、ドアのかたちだけ、ぽっかり穴があいた暗闇を、雪がかきまわしていた。

しかし、雪が降ってる、とおどろくのはおかしい。あのときも毎日、雪が降っていた。だけど、雪におどろくなんて、ぼくは、あのころのことを、若いときの出来事でない、とイキがったことを言ったが、あのときの雪は、過去の雪になってしまったのか。

寒いから、戸をしめて、と花代に言われ、ぼくは戸をしめ、丸椅子にもどり、ため息をついた。ふんぎりがつかず、ぼくは腹がすいてきた。

「中華ソバかなんかないかい?」

「今、何時だとおもってるの。この町で、こんな時間にあいてる店は一軒もないわ」

「しかし、腹がへったなあ」

ぼくは大げさな声をだした。飲んだあとで、夜中、なにかたべるというと、たいていの女がおこる。このことには、ぼくと関係があった女は、みんなしんけんに腹をたてた。

「腹がへってると、眠れないんだよ。あくる日の二日酔もひどいしね」

「お冷御飯ならあるんだけど……でも、わたしのアパートなの。ほんとは、わたしも、お店がおわったあと、アパートにかえって、すこしたべるのよ」

「たのむ……けっして、あやしげなことはしないから……ゴハン代も、うんとだす」

ぼくは手をあわせた。もちろん、酔って甘ったれた気持だ。

昨夜も、この店にきて、お燗の湯気にひたってるような気分になったが、今夜は、花代もその湯気のなかにいて、おたがい湯気でしとった肌をくっつけあってるみたいな、あまい気持があった。

アパートといっても、店とおなじで、古い家にくっつけて建増した部屋で、花代は、しっ、と口に手をあて、急な階段をあがった。

まるい、ちいさなチャブ台には、らっきょうやびん詰の椎茸海苔、紫蘇の実の佃煮などがならび、冷御飯も、電気釜ですぐ蒸せた。

子供がいる、と花代は言ったが、子供の姿は見えない。

こんなに白いゴハンを、ぼくは見たことがあるだろうか。酔っているぼくは、ゴハン粒をぼろぼろタタミにこぼし、それをひろおうとすると、向いあってゴハンをたべている花代の足が、ゴハン粒のよこにあった。

また足袋を脱いでいる。ぼくはスライディングをするようにして、花代の足の赤い霜焼の模様に歯をあてた。

花代は悲鳴をあげかけて、その声をのみこんだ。

「なにを、するのよ。ゴハンたべてる最中に、ひとの足をなめて……きちゃないわあ」

しかし、ぼくは花代の足をはなさず、花代は、自分のそばにスライディングしてきたぼくの頭をコツンとたたいた。

「ゴハンがたべたいっていうから、ゴハンをこしらえてあげたんじゃないの」

ほかの女とも、たいていメシをくわせろ、と夜中におしかけていき、関係ができた。

もちろん、腹がへってることよりも、甘えた気分のほうがさきなんだが、やがて、甘えた気持はなくなって、ぼくは、ただ腹をへらし、女たちは腹をたてる。

着物を脱ぐと、帯でしめつけていたためか、花代の乳房の下のほうに、キャタピラーのあとのような、あわい赤い皺ができていて、くちびるをあてると、ちいさな凸凹が舌にさわっておかしかった。

花代のからだに、花代の母親のからだの記憶はかさならなかった。

だいいち、ぼくには、花代の母親のからだの記憶はなくなっていた。あるのは、花代の母親と、こんな雪の夜、駅の待合室のベンチで肌をあわせたということの記憶があるだけだ。

あくる朝、丸いちいさなチャブ台で花代とさしむかいになり、こんどはマジメに御飯をたべてると、花代がななめに見あげる目つきで言った。
「これ、どういうことなの？」

〈初出：「問題小説」1972（昭和47）年1月号〉

鮟鱇《あんこう》の足

声が逃げていく。

猪口《ちょこ》をもったまま、ぼくは耳をすます恰好になった。しかし、恰好だけのことだ。抑揚だけあって、言葉のない声。のろのろした、声のあがりさがりの曲線《カーブ》は目に見えるようでも、もともと音のない声だった。

女の声だということはわかっている。若い女の声……十七、八の娘の声かもしれない。だけど、だれの声だろう、とさぐりはじめると、声が逃げていく。

取り皿のふちからちりれんげがすべり、アンコウ鍋のおつけのなかにしずみかけていた。散った蓮《はす》の花びらに、そのかたちが似てるので、散り蓮華《れんげ》という名前がついたそうなこのちいさな陶器のさじは、油断してると、すぐ、アンコウ鍋をとりわけたお皿のふちからずっこける。れんが色ときいろにひかる脂が、弾《はじ》けたように、おつゆの表面にうかんでいた。れんが色なのは、アンコウの肝《きも》のあぶらだろうか。

ちりれんげの根もとを、指さきでつまみ、おつゆのなかからひきおこしてるとき、また声がした。

いつもとおなじ、のろのろ、区切りのわるい抑揚をつけ、音はなくしゃべっている。

言葉のない声、音のない声というのは、声のかげのようなものか。

ただ、言葉はなくても、その声が、ぼくにお説教をしているのは、わかっていた。

のろのろした口調、とぼくがくりかえしてるのは、頭のわるいしゃべり方だと言いたいのか。

十七、八の、もちろん、まだ世間もしらない娘が、大人の口調でお説教をしようとし、お説教の言葉が、うまく口からでてこず、説教をされているぼくのほうがまどろっこしがってる気持が、のろのろ、という感じになったのか。

ともかく、そんな気がするのは、たぶん、その娘よりも、ぼくのほうが歳上だったんだろう。

しかし、高校三年生のとき、一年生をてんでガキだとおもうみたいな、おそらく、それぐらいの歳の差にちがいない。

ということは、この声でお説教されたとき、ぼくは、せいぜい二十ぐらいだったはずだ。

おそらく十七、八の若い娘が、二十のぼくにお説教している声を、四十ちかくになった今、ぼくはアンコウ鍋をつつく箸をとめて、きいている。

しかし、いったい、だれが、どこで、どんなお説教をぼくにしたんだろう。

「味がうすくないかね?」

義兄はくりかえしてたずね、ぼくは、うーん、と考えこむような顔をした。おつけの味がうすいかうすくないかを、考えることはない。だが、そのあいだに声は消えていた。

「このお鍋につかう割りじょうゆも、水戸の母がもってきましたのよ」

由子《よしこ》さんが言った。義兄は、三十をすぎたばかりで奥さんがなくなり、ずっと独身でいたが、一昨年、由子さんと結婚した。

義兄は、今、四十五だが、由子さんは三十一歳だ。義姉《ねえ》さんとは、ぼくの女房も、ぼくもよんでいない。

義兄は、アンコウ鍋が大好物だそうで、由子さんのおかあさんが、きょうの昼すぎ、アンコウの身と、割りじょうゆも持ってきたという。

由子さんの父親は水戸で弁護士をやっており、アンコウ料理は水戸の名物らしい。

おかあさんがかえったあと、由子さんは庭をまわって、われわれの住居のほうにくると、実家からアンコウをもらったことをはなし、「今夜、アンコウ鍋をしますから、みなさんでお夕食に……」とさそった。

妹夫婦のぼくたちは、義兄の家の一郭に住んでるのだ。

女房の麻子《あさこ》は、由子さんがはなしてるあいだも、れいのホーキイとかいう掃除器を、タタミにおしつけてうごかしており、由子さんには返事をせず、「あんた、いっといでよ」とぼくに顎をしゃくった。自分はいかない、ってことらしい。

「由子さんが、わざわざ言ってきてるのに、失礼じゃないか」

あとで、ぼくは文句を言ったが、麻子は、「失礼？」と、とんでもない場違いの言葉をきくような顔をし、ぼくは腹がたったけど、なんだか恥ずかしい気もした。

「アンコウなんて、気味がわるい。はらわただかなんだか、ぐちゃぐちゃ、いっしょくたになって、魚屋の店さきにおいてあるのを見るだけでも、ゾッとするわ」

「アンコウは、身よりも、皮やぞうもつのほうがおいしいんだってさ」

「しかも、お皿にも盛れないで、ほうろうびきのバットにながしこむようにつっこんであって、お客に渡すときは、魚屋が貝杓子《しゃくし》ですくって、ビニールの袋にいれてるのよ。手でもつかめず、貝杓子ですくわなきゃいけない魚の身ってある？　前に、ほら、どこかにぶつかった米軍のジェット機のパイロットの死体を、ドラム罐にいれてもってきたってはなしを、あんたがしてたでしょ。アンコウを見ると、それをおもいだして……」

四年ほど前まで、ぼくは、神奈川県の相模原にある米軍の医学研究所の病理部《パソロジイ》ではたらいていた。

ここでは、死体の解剖もやっており、ぼくはその助手だったが、あるとき、ドラム罐がもちこまれ、そのなかにとろんとしたものがはいっていた。

山にぶつかったジェット機のパイロットの死体だそうで、骨もホネのかたちをしてないようでは、ドラム罐かなにかにいれてはこぶよりしかたがなかったのだろう。

そういえば、魚屋の店さきの金属《かね》のバットにいれてあるアンコウ身も、灰色のどろどろしたところや、へんにピンクがかったところがぺったりくっつきあい……。

「そりゃ、おまえが、九州生れで、アンコウを見かけなかったからだ。フグだっておなじようなものさ」

ぼくはアンコウを弁護した。

「あら、フグの身ぐらいきれいな身はないわ。透きとおってみえて……」

「だいいち、アンコウを喰べたことがあるのかい?」

「ないわよ、あんなもの……」

「つまり、食わずぎらいだな」

「きらいなものは、きらいよ」

「だけど、食べたこともなくて、どうしてきらいだとわかる? それに、きらいなものはきらいで生きていけるから、おまえはしあわせだよ。おれが、好きな原作の翻訳ばかりやってるとおもうか?」

ぼくは、四年前に、米軍の医学研究所をやめてから、ミステリや少女物の翻訳をやっている。

「ともかく、アンコウみたいな気味のわるい魚は九州にはいなかったわ」

「ところが、おなじ九州生れの義兄《にい》さんは、アンコウが大好物だってさ」

女房の麻子のうすい眉がよじれ、眉の毛のなくなったはしに、ゆがんだくぼみができた。危険な表情だった。また、ぼくはタブーをやぶってしまったのか。兄のことにからまったとき、麻子はこんな顔つきをする。

「兄は、だされたものは、なんでも食べるひとなの。あんたみたいに、食べもののことで、わめいたりはしないわ。アンコウだって、由子さんが食べさせるから、食べてるだけのことよ」

義兄は、水戸の由子さんの実家で、アンコウの味をおぼえたという。「もともと、アンコウは下魚《げざかな》ですけど、冬は、からだがあたたまるし、うちの父も、アンコウ鍋でお酒を飲むのがすきで、父に付合わされて、あのひとも、すっかり、アンコウが大好物になり……」と、いつだったか、由子さんは言った。

そのとき、麻子もいて、眉の毛がなくなったはしをくぼませて高笑いをし、由子さんがいなくなると、「兄がアンコウの味をおぼえたって……」とこん度は、わらわないで、吐きだすような言い方をした。

「だされたものは、なんでも食べる兄に、味をおぼえるもヘチマもあるものか」

ずいぶんはげしい麻子の口調で、これは、由子さんの場合でも、兄貴が由子さんの味をおぼえたなんてことはあり得ない、というようにも、ぼくにはきこえた。

「もっとも、兄はなんでも食べるけど、目の前においてやらなきゃだめなの。あんたみたいに、冷蔵庫をあけて、ひっかきまわしたりはしないわ」

また、あんたみたいに、か。このことも、なん度もきいた。

しかし、もしかしたら、これは、義兄のレジスタンスではなかったのだろうか。

麻子がつくった食事は、かならず、なにかが足りない。

たとえば、朝の味噌汁のネギが食卓にない。麻子の味噌汁は、生れて育った九州のうちの習慣で、お椀についだあとで、生ネギをいれる。

その生ネギがない、とぼくは文句を言うのではない。昨日きざんで、残っている生ネギが、冷蔵庫のなかにしまってあるのだ。

しかし、味噌汁はつくっても、麻子は、冷蔵庫のなかのネギはだしてくれない。

また、たとえば、大根おろしをしても、醤油がない。箸がないことなんか、しょっちゅうだ。

「箸がなきゃ、たべられない」

麻子といっしょに暮しだして、まだ婚姻届は出してないときだったが、ぼくは、とうとう腹をたてた。すると、麻子は、喉の奥の皮をひっぱるようなわらいかたをした。

「へえ、お箸がなきゃ、たべられないの」

「手で食えっていうのか!」

ぼくはどなり、喧嘩になり、食卓をひっくりかえしてやろうとおもったが、結局、自分で箸をとってきて、メシをたべた。そして、胃が痛くなり、また腹がたち、そうすると、よけい胃が痛んだ。

しかし、義兄は、箸がなければ、ただ、食べないでいる。

それも、箸がなきゃ食えない、なんてどなったりはせず、おだやかにおしゃべりをつづけ、そのうち、麻子が気がついて、「あ、お箸がないのね」と、箸を前においてやる。

ときたま、麻子は、「お箸ぐらい、自分でもってくればいいのに」と、ぼくに言いかえすときみたいにつぶやくが、義兄は、ぼくのようにはおこらず、「うん、うん……」とうなずいていて、だけど、腰をおろしたきりだ。

義兄は、戦争中の学生のころも、戦後、大学に残っていたときも、死んだ前の奥さんと結婚するまで、妹の麻子とくらしていた。

そして、前の奥さんが死ぬと、麻子は、義兄のこのうちにきて、またいっしょに住みだした。

そのとき、麻子は、「わたしは兄のうちにいくけど、あんたは、きたくなきゃ、こなくてもいいわよ」と言った。

もう、婚姻届はだしたあとのことだ。

義兄には子供はなく、もちろん食事もいっしょで、洗濯なんかだけでなく、麻子は、義兄の月給袋もあずかっていた。

「あーあ、いつまでも、兄貴の奥さんの代りはいやだわ。だれか、はやく、いい奥さんがきてくれないかな」

麻子は、箸もそろえ、焼魚にレモンをしぼってかけてやったあとも、ナフキンを待っている義兄に、ナフキンをとってやりながら、なげいたりした。

しかし、義兄と由子さんとの結婚式には、麻子は顔をださなかった。

義兄の死んだ前の奥さんは、もともと、麻子の学校の友だちだったが、このときも、麻子は結婚式には出席せず、それどころか、長男の結婚式だというので、取りこんでる最中に、ひょいと家からいなくなって、と九州の麻子の母は、今でもこぼす。

ぼくが麻子にあったのは、麻子が家出をしてたときだった。

またぼんやり、声がうかびあがってきた。

しかし、やはり、ちゃんと姿をあらわした言葉にはならず、かげのかたちで、のろのろ抑揚だけがつづいている。

かげがうごき、においがした。姿は見せず、かげとにおいが、じれったく、ぼくの脳のひだをなでていく。

湿りのあるにおいだ。肌の湿りだろうか?

抑揚だけの声が、のろのろあがり、湿りをひきずって、のろのろさがってくると、かげがかさなり、下にのび、かげにさけ目ができた。

言葉のない声で、若い娘は、ぼくにお説教をつづけている。

まだ、オシッコ臭い小娘なのに、ぼくにお説教を……おまけに、ぼくは、もう四十ちかくなってるんだ。

オシッコ臭い……。これは、この声の娘のズロースのにおいだろうか。股のところにゴムのはいった……だから、お尻からズロースを剝《む》くと、両方の太腿をはさんで裏がえしになり、お池の水鏡のかたちに、お池のふちのおさないしげみと土手がさわってたところが、あまいあわいベージュ色によごれている……。

男とのからみあいでできる、あのアルカリが強いにおいではない。もっと、お乳くさくて、オシッコ臭いにおい。

「その店の女中さんと、すっかり仲よくなっちまってね。アンコウ鍋を注文すると、エプロンの袖で鍋をかくすようにして、もってくるんだよ」

「そりゃ、また、どうして……?」

ぼくはたずねた。あの声のにおいが、土鍋からたちのぼるアンコウ鍋のにおいにまじり、そして、声のかげもうすれて、土鍋の湯気のむこうの義兄になる。

義兄は、新宿の末広亭の近くの、アンコウ鍋をたべさせる店のことをはなしていた。

「いや、鍋のときは、アンコウの肝は、一人前にひときれ、ときまってるのを、女中さんが、お馴染のぼくのぶんは、二《ふた》きれ三《み》きれ、よけいにいれてくれるのさ。だから、ほかの客にわからないように、エプロンの袖で鍋をかくして……なんだか、女中さんの情夫になったような気持でね」

「あなた……」

由子さんがたしなめた。なん度か、義兄がしゃべったことかもしれない。

麻子は、ぼくを、あなた、とよんだことはない。しかし、そんなことを言えば、またれいの調子で、「へえ、あなた、とよばれたいの」と皮肉るだろう。

由子さんはT女子大の歴史科をでたあと、ある美術雑誌の編集者になり、義兄としりあった。義兄は美術評論もやる。もっとも、義兄は「だいいち、専門外だし、評論なんてものじゃない。もともとぼくは、小学校でも中学でも、図画の点がいちばんわるかった」と言う。義兄は、国立大の理学部の化学の教授だ。

「先生のほうはともかく、すくなくとも、わたしは恋愛結婚なの。だって、わたし、ずっと、先生におネツをあげてたんですもの」

結婚することがきまったとき、由子さんはわらいながら言った。わらったのは、義兄とかなり歳がひらいていたからだろう。

由子さんの両親も、歳の差がありすぎる、と、はじめは娘の結婚に反対だったらしい。前にも言ったが、一昨年、由子さんと義兄が結婚したとき、由子さんは二十九歳で、義兄は四十三歳だった。

「割りじょうゆだけでなく、アンコウ鍋に味噌をいれるところもあるんだ」

義兄は、土鍋のおつゆを取り皿にいれ、貝でつくったおたまをこちらにまわした。

ぼくは、春菊のあざやかな青い色をねらってすくったが、あさい貝のくぼみから、春菊がおよいで逃げた。

木の柄に貝がくっついてるところも、すこしがくがくしている。

春菊を追いかけてるぼくの手もとを見て、義兄はわらい顔になった。

「貝杓子の貝は、たいてい、うまく、柄にくっついてないもんでね」

「そうだ貝杓子ってコトバがあったんだな」

ぼくは大きな声で言った。今晩、夕食によばれたことへのお世辞のひびきもあったかもしれない。

「今では、海ばたの観光地のお土産ぐらいにしかないが、ぼくたちの子供のころは、ごくふつうに、この貝杓子をつかってたよ。だから、九州のぼくたちの地方では、おたまのことを、貝杓子と言っていた。べつに、貝でなく、アルミのやつもね」

「あら、そう……」

よこにいる由子さんが、義兄を見上げる目つきで、うなずいた。

由子さんと義兄とは、ほとんど背の高さはかわらない。それが、見上げる目つきになったというのは、夫によりそった妻の目つきだろうか。

また、ぼくは、こんな目つきを、麻子はしたことがない、と言いたいらしい。

それはともかく、貝杓子というコトバに、ぼくがききおぼえがあったは、麻子が、しょっちゅう、かい杓子と言ってるからだった。

「……お客に渡すときは、魚屋が貝杓子ですくって、ビニールの袋にいれてるのよ。手でもつかめず、貝杓子ですくわなきゃいけない魚の身ってある？　……アンコウの身をみると、ドラム罐にいれてはこばれてきた、ばらばらべちゃべちゃのジェット機のパイロットの死体のはなしをおもいだして……」

貝杓子のはしに、春菊をひっかけ、ぼくは取り皿にうつした。

アンコウのどこの部分なのか、眼のようなものが、いっしょにはいってきた。半透明のどろんとしたかたまりのまわりを、黒いアイラインがとりまき、それを放射状につきぬけて、ジョワジョワのかたちに、ほそい白い線がはいっている。

ただ、半透明のどろんとしたものだけど、そのまんなかにあるはずの瞳がない。

あのとき、ドラム罐にはいっていた赤茶っぽい肉のスープのなかにも、たぶんジェット機のパイロットの眼だったらしいものがうかんでいて……。

ぼくは箸をおき、由子さんが言った。

「麻子さんは、どこか……？」

今夜、どこかにいく用があったのか、とたずねたのか、それとも、いっしょに夕食がたべられないのは、どこか、からだが悪いのでは……と由子さんが心配してるのかわからないが、ぼくは「ええ……」とわらった口もとでうなずき、それ以上、由子さんもきかなかった。義兄は、ただニコニコしている。

由子さんからは、なん度も、夕食にさそわれてるが、麻子は、いっぺんも顔をだしたことはない。

「アンコウは気味がわるいっていうけど、あれだけ、由子さんにさそわれていながら、おまえはいつもことわってる。いつも、となると、なにか理由があるとおもわれてもしかたがないんじゃないか」

今夜、こちらにくる前に、ぼくは、もう一度、麻子に言った。しかし、麻子はフンと鼻をならしただけだった。

「由子さんがどこかにいっていないとき、兄はお腹《なか》がすけば、おい、なにか食わせろ、とこっちにやってくるわ。あんたは、わたしがいないとき、お腹がすいて、由子さんのところで食べさせてもらったことがある？　一昨日《おととい》だって、わたしがお芝居にいくから、晩御飯は、由子さんのところでたべさせてもらいなさい、と言ってるのに、あんたは、そんなことができるか、とおこって、こっちは、わざわざ、あんたの食事をつくってから、出かけなきゃいけなかったじゃないの」

「それは、いつも、おまえがことわることの返事にはなってない」

「一昨日だけではないわ。いつものことだから……体裁つくり、いくじなし！」

ぼくは猪口をとりあげ、由子さんがお銚子をさしだした。

由子さんは洋菓子屋のにおいがする。あかるい白い肌で、クリームのにおいだ。事実、ほかにお化粧をしてるようすはなく、クリームのにおいかもしれない。

——酒には、あわないにおいだな。

ぼくは胸のなかで、ふ、ふ、とわらった。由子さんをかわいいとおもってるんだろう。

なんの木の実だったか、由子さんの顔の輪郭にそっくりの木の実がある。つやつやして、つるんとして、まるまっこくて、ほっそりし……。

そのほっそりまるまっこい顔の輪郭とおなじカーブに、長い眉が弧をえがいている。

眉のはしのゆるいアーチでさがってきたさきが、ちいさな杉あやの模様になって、あかるいかげをつくっていた。

麻子の眉は、ひっちぎれた筆みたいに中途半端におわり、そこに青白くゆがんだくぼみができている。

麻子は、ぼくよりも二つ歳上で四十一、由子さんは三十一だが、これは、もちろん、十年という女のからだの歳の差ではあるまい。

由子さんは、口をひらき、ぼくの視線に気がついて、それをやわらかくおしもどすみたいにほほえんだ。

「ほんとは、わたし……ちいさいときは、アンコウがこわくって……」

「こわい?」

義兄は盃を宙でとめて、由子さんを見おろすようにした。さっきは、由子さんが、ほとんど背の高さはかわらない義兄を見上げるようにし……。

義兄は和服に着がえ、大きな主人の椅子に腰をおろしている。そのそばに、エプロンをはずした由子さんが、すこしからだをななめにしたかたちですわり……型どおりの夫婦のサマだっていいじゃないか。

麻子は、こういう型をわらうだろうが、われわれだって、ごくマンネリで型どおりの夫婦喧嘩をやってるにすぎない。

「そうなの」

由子さんは、目をくるっとうごかした。子供のときのはなしをするとき、女は、子供みたいな表情をつくる。無意識に芝居をしてるんだろうが、それだって、こうしてかわいければ、インネンをつけることはない。

さっきから、ぼくは、かわいい、とコトバにして胸のなかでくりかえしてるけど、由子さんも、もう三十一だ。三十一の女がかわいく見えるのは、ぼくが、もう四十ちかいからだろうか。

四十ちかい男が、三十一の女をかわいいとおもってながめている……若い連中が見たら、グロかドタバタ喜劇か、いやカンケイないと言うだろう。

「アンコウのお腹の……」

由子さんは言葉を切り、やわらかな楕円をえがいた頬の下のほうに、いちごクリームのような赤みがさした。

「あの、ほら、ニンゲンならばお乳房《ちち》みたいなところに、左右にぴょこんと、退化したひれかなんかかしら……とびだしてるでしょう。あれがひとの指そっくりに見えて……。だって、指みたいに、ほそくつきでて、関節のようなのもあるし……だいいち、さきに爪とそっくりなのがついてるのが、こわくて……」

由子さんの顔と、義兄の和服の胸のあたりが、かげろうのようにゆれだした。

土鍋の湯気のせいではない。そのゆれかたが、なにかに関係がありそうな気がしたとき、あののろのろした抑揚だけの声がもどってきた。

ぼくは、胸がドキついていた。あの声の抑揚と、今、目の前でゆれてるものが、ダブってひとつになるというのか。

「アンコウは悪食《あくじき》で、なんでも食べるって言うでしょ。それに、うんと大きなものも、むりやりたべちゃうそうだし、もしかしたら、海におちたニンゲンの赤ちゃんものみこみ、アンコウのお腹のなかで、赤ちゃんが苦しくってもがき、その指が、お腹の皮をつきやぶって……」

「アンコウ怪談かい」

義兄が、ハッハ、とわらい、由子さんは、おどけた表情になって、鼻の下のみぞに皺をよせた。

目の前でゆれていたものが、じゅっ、と音をたてて透明な空間に吸いこまれたみたいにうごかなくなった。

由子さんが猪口についでくれた酒がこぼれた。

指だ。

義兄のところによばれ、アンコウ鍋をつついてる最中に、なぜ、あんな抑揚だけの声が、ひょいとあらわれたか、これでわかった。

アンコウの指だ。

麻子にあう前のことだったのか……。しかし、抑揚だけの声の女のこが、十七、八ぐらいかもしれないとすれば、ぼくも二十あたりだとほぼ見当はついたはずなのに。

考えてみると、新宿の西口のあの路地しかない。

それは西口の改札から、オシッコ臭い地下ガードの出口までの線路ぎわの路地だ。

今は、こんな路地はない。新宿西口はS・F都市のようになってしまった。

そのころ、ここには、マーケットとよばれた戦後のバラックが建っており、線路のほうには、屋台がならんでいた。

臓物《もつ》に、バクダン焼酎の屋台もあったが、ぼくが、ここで寝起きしだしたときには、今川焼の屋台がおおかった、皿に五つ盛った今川焼が、たしか三十円だったと思う。朝鮮の戦争がはじまった翌年だ。

その年、ぼくは広島県の高校をでて、東京の大学にはいった。世間では、たいへんいい大学だとおもわれているところだ。

ぼくが、この路地にやってきたのは、新宿という町にいってみようとおもい、とりあえず、新宿駅の西口の改札をでて、あるいてるひとたちのあとにくっつき、線路ぎわのこの路地にはいったのが、さいしょだろう。

そして、この路地のマーケットの階段の柱に「書生募集」の貼紙をしていた易者の書生になった。子、丑、寅……と十二支をかいた紙を大道にひろげて口上をつけ、客をひっぱってくる易者だ。じつは、ぼくはこの十二支の口上がお得意で、中学や高校でも、なにかの会があると、これをやった。

学校の演芸会でお得意だったことだから、と易者の書生になるなんて、やはり、コドモの神経だろう。

易者の書生で、ぼくは、日に三百円もらった。これは、そのころの学生アルバイトの金としては、すくなくはない。もっとも、ぼくは、この路地にきてから、大学にはいかなくなった。

前締《まえじ》めといって、先生があらわれる前に、人をあつめると、五十円くれた。これが日に四回ぐらいのこともあり、ぼくは、路地の屋台で、今川焼をたべ、バクダン焼酎を飲んだ。

その今川焼の屋台のひとつに、アキがいた。あのころ、アキは、いくつぐらいだったただろう?ぼくよりも歳は下で、十七、八ではなかったたか。

じつは、アキの顔つきなんかを、そんなによくおぼえてるわけではない。ともかく、肌が白くて、それも、ただ色白だというだけでなく、あの年ごろだけの、花びらがほころびるように、女の肌もほころびるのか、半透明にすいてみえるみたいな皮膚の白さだった。まる顔でもない。ほそ面でもない。ハート型っていうか、りんごの実を、まんなかから、さっくりと割ったような輪郭の顔。

まっ黒なまるまるまっこい目に、くちびるが、ふっくらめくれぎみで、鼻はわりとひくく……マンガのベティさんの顔のイメージもまじってるかもしれない。

しかし、足は、今でも、なまなましく目にうかぶ。

アキの足には、足の腹があった。足の小指から踵《かかと》にかけて、ほんとに足の腹という感じで、白くやわらかく、むっちりした肉が張っていたのだ。

やっと熟れてきた肉が、女のからだのクリームをにじませ、じだらくな若さで、足の腹のふくらみを張りだしている。

それは、ぴちゃっと、波の上にはねあがった魚の腹か、踊り子のツンパのはしから弾けでて、内腿のくぼみにつづく部分のように、ぼくの眼には、それこそ、やたら肉感的に見えた。

あんなことは、生れて一度だけなので、類型にできないが、あれが、恋ってやつかもしれない。恋というのでなければ、一日じゅう、アキの屋台にいて、一日じゅう、今川焼はたべていられなかっただろう。

そして、アキが屋台をしまうと、いっしょにくっついて、新宿百人町のアパートにいった。

しかし、アキには亭主がいた。アキより、たぶん、一つぐらい歳が上の松っちゃんという亭主だ。

だから、松っちゃんは、ぼくよりも歳下で、からだがちいさいだけでなく、学校も小学校をでたぐらいで、ぼくたちは、若い亭主をからかったりした。(亭主といっても、籍がはいってたわけではあるまい)

しかし、松っちゃんは、今川焼の屋台を一つもって、女房のアキにやらせてるし、それに、百円札を束にして、ズボンのポケットにつっこんでることもある。

松っちゃんは、賭博師《ブショウシ》の子分だそうで、今川焼の屋台は女房のアキにまかせていた。

アキと松っちゃんの百人町のアパートに、毎晩のように、ぼくは泊りにいってたが、これも、また、ガキの神経だろう。

松っちゃんとアキは、ぼくのよこで、遠慮しない音とかたちでかさなり合い、男と女のことをそばで見たりするのは、もちろん、ぼくははじめてで、好奇心もあったが、それよりアキに恋してるので、熱くやけた塩を、錐《きり》で下半身にもみこまれるような、そんなひどい、せつない気持だった。

アキにすれば、一日じゅう、ぴったりくっついて、アパートにまで泊りにくるぼくを気味わるがり、追いだすつもりで、そのとき、わざと大げさな音やかたちをしていたのかもしれない。

アキは、フトンにはいると、とりあえず、松っちゃんに抱きつき、それからびちゃびちゃはじまるのだが、その晩は、二人とも、いやにしずかに、あおむけにならんで寝ており、ふしぎなこともあるものだとおもってるうちに、アキのかたっぽうの足が、ぼくのフトンのなかにはいってきた。

せまいアパートの部屋なので、フトンもくっつけて敷いてるが、アキの寝相がわるくて、ぼくのフトンに片足がすべりこんだのではない。

足のさきが、ぼくの股のあいだをすりあがり、足の指で、ぼくのペニスをはさみこむようにするのだ。

だいたい、いつもは、壁ぎわにいるアキが、その夜は、亭主の松っちゃんといれかわり、ぼくの側に寝ていた。

アキの足のさきが、パンツをひっかけてずりさげ、あのむちっとスケベに肉が張りだした足の腹、ぺたっとやわらかな土ふまずが、ぼくのペニスをこすりつづける。

いいか、わるいかなんて区別さえもない、とほうもない気分で、ぼくは歯をくいしばって息をしていたが、その歯がガチガチ鳴りはじめ、ぼくのパンツのなかでうごいてるアキの足のさきを、両手でにぎりしめた。

ところが、そのとたん、アキはぼくのペニスを、足の裏でおしのけると、さっと足をひっこめ寝がえりをうって、亭主の松っちゃんの胸に顔をおしあてて、クックッわらいだした。

アキだけでなく、亭主の松っちゃんも、天井をむいて、アハアハわらっている。ふたりのわらい声のなかで、ぼくはペニスをおさえ、漏らしていた。

今とはちがい、恥というものをしっているガキの年頃だ。ペニスも屈辱におれまがり、しかしあのアキの足の腹の感触は、あまく、べったりのこっていて、おれまがったペニスのまま、ぼくは射精した。

ともかく、アキと松っちゃんとがしめし合わせて、たくらんだことはたしかだ。

そうわかっていながら、ぼくは、フトンをけとばしてかえることもできなかった。

漏らしてしまったのもつごうがわるいが、そんなことより、フトンをけとばして、スックと立ちあがり、「やいてめえら、よくもひとをバカにしやがったな」なんてタンカをきるとこを、すぐ想像しちまうのがいけない。

なんでもすぐ想像し、やることがあとになる。いや、あとになるのなら、まだいいが、たいていやらないでおわってしまう。

麻子と別れ、麻子みたいに意地の悪い女ではなく、気持のやさしい、肌もやさしくやわらかいたとえば由子さんのような女といっしょになって、ザマーミロ、と麻子のことをわらってる光景など、毎日、ぼくは想像している。

麻子は、ぼくのことを、ごく単純な意味でのいくじなし、と言うが——。

しかし、やはり、ぼくは眠れなかった。アキと松っちゃんは、わらいながら、抱きあい、そして、腰をうごかしてる最中に、またわらいだしたりした。

それでも、ぼくは眠ったらしい。目がさめると、日の光がさしこむのにはまだ遠い感じだが、部屋のなかが、うすあかるくなっており、股のあいだの、あのべたべたにおいのする残骸も、毛をつっぱらせてかわいていた。

せまいアパートの部屋のなかに、アキの毛穴からはきだされたにおいが、その肌の色のように白く半透明によどんでいる。

アキはからだをよじり、松っちゃんの顎の下におでこをいれ、その首すじにくちびるをつけるような恰好でななめに寝ており、まるいお尻のフトンのふくらみが、ぼくのすぐそばにあった。そのお尻のふくらみにつづく、ななめにさがっていく太腿のふくらみを、目でたどっていったぼくは、フトンのはしから、まっ白なものがのぞいてるのを見つけた。

昨夜、ぼくのパンツのなかにつっこんできて、イタズラをしたアキの足さきだ。

スケベで、意地悪で、なんとかわいい足の指だろう。

ぼくの広島の郷里には、ちいさな松茸のかたちのカマボコがある。

長さは三センチくらいだろうか、松茸の頭のところが、ほんのり茶色に焼きあがっていて、そのちっこいのが、からだをよせあうようにならんでるのだ。

まだ食料がなくて、たいてい腹をすかしていた時代なので、ぼくは、あのちいさな松茸のカマボコがたべたくてしようがなかった。

アキの足の指が、くっつきあったその松茸のカマボコのかたちに見える。カマボコのねっとり練りあがった身の白さが、アキの足の指の、やわらかそうで、なにか拗《す》ねた感じのふくらみにそっくりだ。

松茸のカマボコが、アキの足の指のカマボコになり、昨夜、ぼくのペニスをはさみこもうとした、アキの足の裏のくぼみを、カマボコにして舌でさぐり、嚙みつく想像を、ぼくははじめていた。

ちいさな足の指のカマボコが、くっつき合ってならび、最後にひとつだけ、ぴょこんとはなれて小指がつきでている。

前からおもっていたが、これは、きみょうな小指だった。足の腹のむちっとしたふくらみがはじまるあたりに、よりそったほかの足の指とは離れて、はえてるという感じにとびだしているのだ。

ちっこい蜆《しじみ》の身のような足の爪に、どういうつもりか、ひとつおきに、アキは赤いマニキュアをしていた。

親指の爪を赤く塗り、ひとつおいて、まんなかの指の爪と、またひとつおいて、小指の爪に……。

いや、これは、足の腹にはえている小指ではない。だけど、親指から、ひとつずつ、とびとびに……。

夜明け前のうすあかりのせいだろうか。ぼくは、昨夜、この足のさきがぼくにあたえたとほうもない気持と、それにつづく屈辱になにか関係があるのかとさえ考えながら、フトンのはしからのぞいているアキの足の指をかぞえなおした。

一本、二本、三本……四本、五本……五本目が赤くマニキュアした小指だ。

しかし、この小指は、あの足の腹にはえている小指ではない。

一本、二本……、なん度かぞえても、足の指が六本ある。

五本は、よりそうようにくっつき、そのほかに、一本だけはなれて、あの小指があるのだ。

ぼくは、フトンからおきあがり、手をのばした。

ぼくの手がさわれば、夜明け前のうすあかりのなかに、ふっと消えていく指だと信じてるように……。

しかし、その指は、ぼくのてのひらのなかで、骨のかたさをかくして、あったかく、やわらかく、おまけに、つかまえられたエビかなんかのように、ぴくんとうごき、ぼくは、あわてて、手をひっこめた。

ひとつだけはなれて、足の腹のむっちりしたふくらみにはえている、五本の指とはちがう指……。

ぼくは、大学にはいり、東京に出てきてすぐ、大森の下宿のちかくの魚屋の店さきで見たふしぎな魚――アンコウの腹をおもいだしていた。

魚というより、毛のないけもののような、ねっとり白いアンコウの腹から、ぴょこんととびだしている、ニンゲンの指そっくりのもの。

おつゆがつめたくなったが、れいの瞳のない目玉のような灰色のどろんとしたやつは、うす気味わるくアイラインをひき、つけ睫毛までして、取り皿のなかにうかんでいる。

たべるか、すてるかしなければ、取り皿に残ってるのはあたりまえのことだ……麻子は、ごく単純な意味で、ぼくはいくじなしだといったが。

また、ふっと、あのかげの声がもどってきて、ぼくはすこしおどろいた。

アンコウの腹からつきでているやつが、アキの足の腹のもうひとつの小指につながり、声の正体もわかったような気でいたからだ。

正体がわかってはっきりすれば、抑揚だけといったかげは消えるはずなのに……。

そうおもって、そのかげと抑揚を、アキの声にかさねてみようとしたが、だめだった。

だいいち、アキの声をおもいだせない。肉声になって、記憶にうかびあがってこないのだ。

しかし、考えてみると、のろのろした口調というのは、アキのしゃべり方とはちがうみたいな気がする。

アキはよくわらう女だった。それに、下町風のしゃかしゃかした早口ではなかっただろうか。

「新宿の、末広亭のちかくのれいの店に、アンコウが天井からぶらさがってるんだがね」義兄は土鍋のなかに白菜をいれ、由子さんが、「ほら、ほら……」とよこから手をのばして、義兄の着物の袂をおさえた。

「アンコウの皮をはぎ、まっ黒な左右のひれと尾びれだけがくっついてるんだけど、その色彩と白く赤くてらっとひかってる身の色あいだが、じつに油絵的でね。あのまま写実でかけば、目をギョロッとむいて十字架にぶらさがってるキリストの像なんてことになるかもしれない」

義兄はわらい、きょうの午後、銀座の画廊で見てきた知り合いの画家の個展のはなしになった。

義兄はふんわりふとっていて、口もとなんかは、妹の麻子よりやわらかそうな感じだ。

麻子は、この一年半ばかり、ぜんぜん、からだの反応をしめさない。

「いやなときは、いやなのよ」と、つっぱねることは、前にも、しょっちゅうだったが、この一年半は、いつも、いやだ、とつっぱね、それでもむりにするかたちになると、天井をむいたきりじっとしている。

さっき、ぼくは、麻子に、「由子さんが夕食に招《よ》んでくれるのに、いつもことわるというのは、なにか理由があるとおもわれてもしかたがないんじゃないか」と言った。

おなじように、夫婦のことを、いつもいやがるというのは、その原因、動機があるとおもっていいのではないか。

ただ、このぼくに、すくなくとも、その直接の原因があるようには、どうしても考えられない。

たとえば、ぼくが、どこかの女と浮気したとかってことは、一度もないのだ。

恥ずかしくて、バカらしいはなしだが、アキの足の裏はべつとして、ぼくは、女のからだは麻子だけしかしらない。

あの新宿西口の路地をでたあと、ぼくは軽演劇の劇場でアルバイトをやり、ここが、だんだんストリップ小屋にかわってしまった。

また、ぼくはテキヤの手伝いもして、旅にもいき、そんなときのことを、ミステリ翻訳雑誌に連載し、それをあつめて、「かぶりつき人生」という本にもなり、今でも、翻訳のほかに、お色気物の雑文なども書いてるが、麻子がはじめての女のからだで、そのあとも、麻子以外の女と寝たことはない。

それはともかく、麻子が、ぼくにからだをさわられることを、いつもいやがりだして、しばらくたったあとで、ぼくは、あることをおもいだした。

義兄と由子さんは、一昨年の十月の末に結婚式をしたが、それから一月《ひと》ぐらいたったころだった。

昼ちかくに目をさますと、いやにいい天気で、ぼくは寝巻きのまま、タバコの箱をもって、庭のほうにまわると、麻子がたっていたのだ。

掃除や料理には興味はないが、庭をいじるのは好きだと言って、麻子は、あれこれ花のある木を植えたりしていたが、由子さんが義兄のところにくると、台所をべつに建増し、われわれの住居と庭とのあいだにも柵をこしらえて、ぜんぜん、庭のほうにはいかなくなった。

その麻子が庭のまんなかにつっ立ち、ともかく、なんだか異様な感じで、ぼくは足をとめた。

すると、麻子のからだがふるえだし、こわばった背中が前後にゆれ、ぶったおれるんじゃないかとおもったとき、麻子は芝生にしゃがみこんで、顔をふせた。泣いてるのだ。

義兄も由子も出かけて留守らしく、ぼくはびっくりして、ただながめていたが、麻子がつっ立っていた方向に、由子さんが干している洗濯物があるのに気がついた。

洗濯物を見て、麻子はからだがふるえだし、うずくまって泣きはじめたのか……ぼくは、ひとりでつまらないジョークでも言ってるような気持で、もういっぺん洗濯物に目をやり、そして、芝生につっ伏した麻子の背中に視線をうつし、たぶん足音をころして、自分の部屋にひきあげたのではないかとおもう。

洗濯竿のはしに、義兄のブリーフと、由子さんのラヴェンダー色のちいさな花模様をちらしたショーツが、よりそったかたちでさがっていたのだ。

しかし、義兄と由子さんが夫婦で、夫婦の関係にあることを見せつけられたため、麻子がぼくにからだをさわらせない、というのは、理屈にもなんにもあわないが、ぼくにはよくわかる。

麻子は、もちろん、どろどろにおこってるのだ。だけど、義兄に復讐するわけにもいかないし、できることでもない。

だとすると、亭主のぼくしかいないではないか。

また、あの声がちらついている。

コトバのない抑揚だけの声で、なにを言ってるのか？

のろのろした口調で、腿のところをゴムでしめているズロースの裏側の股のあいだのような、青くさい、湿ったにおいをひきずって……。

だけど、いったい、だれの声だろう？　そのかげだけの声の主をさがしはじめると、ひょいと声はとびのき、消えてしまう。

アキの声ではないようだ。まさか、いや、ぜったいに麻子の声でもない。

しかし、なぜ、ぜったいになんて、ぼくは自信があるのだ。

うーん、もしかしたら、これは、ある女のその声の抑揚だけが、ぼんやり記憶にのこっていて……というようなものではないのかもしれない。

だいいち、ぼくは、青くさかろうが、その裏側の股のところがベージュ色に汚れていようが、どこかの女のパンツを脱がしたという経験はない。

ぼくがしっている女のからだは、麻子のからだだけだ。

どこかの女の声……と現実の女の声みたいにおもっていたのは、まちがいではないのか。

現実にはなくても、理論上考えられる、四次元とか五次元とかいった世界とおなじようなものかもしれない。

だいたい、かげだけあるものなんてない。

これは、麻子以外の女という、想像の声ではないのか。

毎日のように、ぼくが想像で抱きしめている女の声ではないのか。

ぼくの想像が、ぼくを、ちょろちょろ、からかってるのではないか。

「そろそろ、メシにするかな」

義兄は、アンコウ鍋のなかに御飯をいれ、タマゴも割っておとし、おじやをつくるとおいしい、と言う。

ぼくは、ゴハンはいらない、とことわり、由子さんはこまった顔になった。

「あら、召しあがっていってくださいよ。お夕食にお招びしたのなら、ちゃんとお食事はさせてください、と、このあいだも、麻子さんに言われましたのよ」

飲んだあと、なぜ、なにか食べてこないの、と麻子はいつも文句を言う。「とにかく、わたしに世話をかけよっていう意地悪なのね」

「なあに、まだ飲み足りないんだ。あとで、おじやをもっていってあげなさい」

義兄は、おだやかにわらった。

由子さんが、わざわざ、ぼくたちの台所にアンコウ鍋のおじやをもってきてくれても、麻子はありがとうとも、すみませんとも言わないだろうし……。

麻子は、ぼくがはじめての男ではなかった。

そんなふうに、ぼくが感づいたのではない。麻子は、ぼくを腹の上にのせ、男のからだをしってることを、自慢そうに言ったのだ。

しかし、その相手の男のことは、一度もはなしたことがない。

まだ九州にいたとき、土地の大学の工学部の学生と連込旅館にいき、いっしょに寝たが、男と女のことはしないまま夜をあかした、というようなことは、なん度もきかされた。

だから、ほんとは男をしらないというのではなく、むしろ、しってることを自慢していたのにその相手のことは、ぜったいしゃべらないというのは……。

これも、ぼくは、義兄とむすびつけて考えているのか。

しかも、ぼくは、それをたのしんでるようなところがある。

だけど、なぜ、そんなことがたのしいんだろう。

〔初出：「別冊小説現代」1971（昭和46）年1月号〕

味噌汁に砂糖

味噌汁に砂糖をいれるようなものだ、とおもう。

だいいち、いい歳をして、ちいさな声で、

「今夜、ちょっと、どうだ」ともちかけるのはかなしい。

それなのに、女房の英子は、いつも、「いやだ」とこたえる。

「いつもイヤだ、というのは、すこしおかしいんじゃないか」おれは文句をいう。「そりゃ、たまには、きみだっていやなことはあるだろう。しかし、いつもイヤだというのは、もう夫婦ではない」

英子と暮しだして、何年になるだろう。区役所に婚姻届をだしてから、おそらく十年にはなる。その前にも、たしか三年ぐらい、いっしょにいた。

「そのあいだ、きみは、いつもいやだ、と言いつづけてきた。そんなバカなことが、夫婦のあいだであるだろうか」

「いちいち、おぼえてないわよ。めんどくさい」

義兄夫婦に遠慮して、おれはちいさな声をだしてるのに、英子はふつうの声で言う。(おれたちは、英子の兄貴の家に同居してるのだ)

「いちいち、ということと、いつも、ということとは、ぜんぜん違う。きみは、はじめから、ぼくが嫌いだったんだ。いや、嫌いなら、まだいい。きみはぼくを恥じている。だから、一年に二度か三度、デパートにズボンを買いにいくときなんかでも、きみは、ぼくとならんでは歩かない。それを、さいしょは、きみの少女趣味だとおもってた。しかし、やっとわかってきた。きみは、ぼくを恥だと考えている」

「わたしは、今朝、七時におきたのよ。子供は学校にいってるんですからね。だいたい、子供は、おたがいのものじゃないの、きょうはあんた、明日はわたし、と交替で朝おきて、子供の面倒をみるのが当然だわ。それなのに、毎日、あんたはお昼ごろまで寝ていて、お米のゴハンを三杯もたべて、味噌汁がなきゃ気にいらないし、タバコを吸って、すこしたったら、お昼御飯をたべ、それから、どてーっと昼寝をして、夜は、だらだらお酒。もう十二時すぎで、また明日の朝、わたしは七時におきなきゃいけないのよ、あんたは昼ごろまで寝ていて、おまけに昼寝をして、夜寝られないからって、睡眠薬がわりになにかされたんでは、たまらないわ」

「そんなことと、いつもイヤだってこととはカンケイない。きみは、おれという亭主を恥じてるんだ」

「大きな声をださないでよ……。京子さん（英子の兄嫁）にきこえるじゃないの。なにも、わたしからおねがいして、あんたに結婚してもらったんではありませんからね。いつだって別れたっていいのよ」

おれは黙りこむ。逆に、どなりだして、物をぶんなげることもある。

今は小学校の四年と二年の子供が、まだちいさいときには、おれのどなり声に目をさまし、英子にとりすがることもあった。

うちの子供は泣かない。ただ、目をまるく大きくし、英子のスカートにしがみついて、おれのほうを見ている。

夜、女房にオ×××をしようといって、いやだ、とことわられ、暴れわめいて、ちいさな子供たちが女房にとりすがっている……なさけない光景だ。

いつだったか、おれは、英子をまんなかに、左右からスカートに抱きついている三人のほうに、刺身庖丁を投げた。

「そのときのことを、まだ利夫はおぼえているわ」

英子は、夕食の途中で、ひょいと言いだしたりする。英子も機げんがよく、おれも、だまって酒を飲んでいて、つまり、親子四人なごやかに夕食をたべてるときだ。

しかし、「ねえ、利夫」と英子から念をおされても、小学校四年の利夫は返事はしない。けっして、いい気分ではあるまい。

もちろん、おれは、あたらないように、その刺身庖丁をなげた。そこにあったから、カッとなってつかみ、つかんだら投げなきゃ、カッコがつかなかっただけのことだ。おれは、ええカッコしいの、カッコつけ野郎かもしれない。

おれは英子をなぐったこともない。ひっぱたいていれば、おそらく、物なんか投げないだろう。ともかく、おれが投げたため、さきが折れた刺身庖丁を、今でも、英子はつかっている。

べつに、おれは、そんなにしょっちゅう、女房とやりたがるわけではない。

頻繁《ひんぱん》なときで二週間にいっぺんぐらいで、たぶん、月に一・五度ていどだろう。

なのに、かならず、英子はいやだとごねる。

それは回数がすくなすぎるためだよ、と言った男がいた。

で、前の週にやって、そのつぎの週の土曜日の夜、(日曜日は子供たちの学校がないので)またやろう。ともちかけたら、「気はたしかなの」という顔をされた。

英子は、なにも、男と女が寝るのがけがらわしいこと、ババッチイことだと感じてるのではない。

便所にいくときは、真冬でも、着てる物をぜんぶ脱ぎ、トイレからでてくると、全身をあらう女がいたが、そんなふうにセックスをきらってるのではない。

口げんかをしたあとで、することもある。

でなかったら、英子は、いつもいやだと言ってるんだから、ぜんぜんしないことになる。

おれがおこりだしてどなったり、物を投げたりしたときは、もちろん、できない。

ともかく、せめて、どうせするときには、いやだ、と言わなくてもよさそうなものじゃないか。

だから、味噌汁に砂糖をいれるようなものだ、とおれはおもう。

かといって、きみょうなことかもしれないが、おれにはセックスをたのしむ、という気持はないようだ。

そのあたりにあるものを読んだり、きいたりしていると、みんな、セックスということを、たのしむ、ということがくっついてるようだが、おたくもそうでしょうか？

げんに、セックスをたのしんでると考えてるひとたちもいるだろう。

おれだって、セックスのときに快感はある。だけど、快感と、たのしむということはちがう。

たのしむ、というコトバがあるからには、セックスでも、たのしめないことはあるまい、なんてぐあいにいくものだろうか？

ほかのことはともかく、そして、お修身みたいな意味でもなく、セックスをたのしむ、というようなことが、はたしてあり得るだろうか？

それにしても、味噌汁に砂糖をいれるようなことはこまる。

友子から電話がかかってきて、新宿三光町の「芳兵衛」であった。

去年の夏、友子が東京にきていたとき、なん度か、「芳兵衛」にいき、場所をしってるというので、そこであうことにしたのだ。

それに、十一月のおわりの日の日曜日で、近頃は、日曜日にあいてるところは、あまりない。「芳兵衛」もひさしぶりだった。夏前、いや、今年のはじめのまだ寒いころきたきりだ。

そのころから、客はすくなくなっていたが、今夜は、ママの芳兵衛ひとりで、カウンターの上にポータブル・テレビをおき、外国物のアクション・ドラマを見ていた。

カウンターのよこにあったボックスをみんなとっぱらい、月並みすぎるほどガランとしている。

二年前ぐらいまで、おれは翻訳仲間と、よく、この「芳兵衛」にきていた。そのころは、週刊誌の連中もおおく、店のなかが、いつもワーンとしていて、「芳兵衛」でしゃべってると、声がかれた。

（おれは、ミステリの翻訳や、雑文を書いている）

「もう、日曜日は休もうかとおもってるの。わたしも歳だしさ」

ママの芳兵衛はテレビを消した。柿の木のテッペンにひとつだけ残って、熟れすぎたまま皺がよった柿の実みたいな顔になっている。

自分のことでなければ、べつにどうってことはない。歳をとれば、だれでもこんなふうになる。

友子が、去年の冬流行《はや》ったミリタリイ・ルックみたいな黒いコートを着て、それに、きんきらきんの金色のボタンがついてるのを見て、おれはわらった。

友子も、いくつになるだろう？　大学の教育学部をでて、中学の先生になり、去年の夏は、たしか三年目だと言っていた。

そんなことより、友子としゃべっていて、おたがい、岩成のことばかりはなしているのに気がついた。

岩成は友子の従兄だが、ちいさいときに両親をなくした友子は、醬油の醸造をやっている岩成の家で育ったらしい。

去年の夏、友子は図書科の先生の資格をとるため、図書館大学の夏期講習をうけに、東京にきた。

そして、岩成のところに泊ることになってたが、東中野のアパートにきてみると、岩成はいなくて、おれがいたのだ。

「だれかおって、えかったわ。だれもおらんで鍵がかかっとったら、うちゃ、もう、どうしようかおもう」

と友子は広島弁で言った。友子は広島からバスで四十分ほどの町の中学の先生をしている。大学を中退して、女房の英子といっしょになる前、おれは、広島の岩成のうちに遊びにいって、十日ばかりいたことがある。

醬油工場というのは、造酒屋とちがい、すごくへんなにおいがしてこまったが、岩成のうちで育った友子は、おれをおぼえてる、と言った。

こっちは、おぼえていない。友子とおれとは、十ばかり歳がちがうから、当時の友子はまだ子供で、記憶にのこらなかったんだろう。

しかし、岩成も、従妹の友子が東京で図書の講習をうけてるあいだ、自分のアパートに泊れ、と言っときながら、ご本人がどこにいったかわからないなんて、無責任なはなしだ。

もっとも、岩成は無責任さをトレード・マークのようにしているところがある。

岩成はかなり有名な詩の雑誌の同人で、つまり、詩人ということになっていた。映画評をやっていたこともある。ショート・ショートみたいなものも書く。化粧品会社のPR雑誌にショート・ショートを書き、ケタが一つちがうんじゃないかとおもうぐらい、高い原稿料をとったというはなしもきいた。

最近、ある雑誌の編集者が岩成にあったときは、都内某アジトというようなところにいて、ボディガードみたいな学生が三人ついてたという。

いわゆる過激学生グループの、隠れもなきリーダーだそうだ。ボディガードのなかには女の学生もいましてね、それが、ほら、新宿のバーの岩成さんの彼女にそっくりで……みたいなことも、その編集者は言った。

ところが、それから四、五日たって、渋谷の飲屋で岩成の名前がでたとき、そのはなしをすると、過保護の秀才のお手本みたいな顔の若い男が首をふった。

このての顔にしては、はなはだ月並に、この若い男は革命家だそうで、岩成は、もう、その派のリーダーなんかではなくて、クスリを飲んでメタメタで、どこにいるのかもわからない、と言った。

そんな岩成が、ちゃんと大学は卒業していて、おもいきりの悪いおれが中退というのも、おかしなものだが……。

去年の夏のことだけど、あのときも、おれは女房の英子とケンカして、岩成のアパートにきていた。

れいによって、「やろうか」と英子に言ったら、「いやよ。暑いのに」とはねつけたのだ。

じつは、暑いので、四十日以上やらないでいたのだが、その晩は、どうしようもなく立ってきた。

だから、ともかくしたいので、どなりだしたりせず、冗談を言ったり、かなりねばって、となりの英子の部屋にもはいっていったが、英子はコットンのみじかいナイティを着てるだけの、尻がめくれたカッコで、腹ばいになって、庄野潤三の小説集を枕もとにひらき、「いやなものは、いやよ」とふりむきもしない。

「いやなものはいや、なんて言っていられる女はしあわせだよ。男は、そんなことではすまされない」

おれは、英子が寝ているそばにたってる自分のカッコが見えてきて、腹がたち、その腹のたちかたも、すべてマンネリなのが、よけい頭にきた。

「だって、いやなものを、いやでなくなれと言っても、むりだわ」

英子は、小説の活字を、ちゃんと目でおいながらこたえた。

「きらいでも、やれ。おれが好きで翻訳をやってるとおもってるのか」おれはどなりはじめた。

「わたしが、好きで、洗濯や食事の用意をしてるとおもってるの。昼間の仕事でたくさん。夜のおつき合いはかんべんしてよ」

「毎晩、おつき合いをさせてるわけじゃない。この前やってから、四十日はたつ」

「いやよ。しつこいわね」

「しつこい……」

声がでるところに、おこってプレッシャーのかかった空気がつきあげ、おれは言葉がちょんぎれ、英子が枕元にひろげた庄野潤三の小説集をつかんで、ほうりなげた。

「なにをするの。ひとから借りてきた本を……」英子もたちあがる。

「それでも、おれたちは夫婦か」

「だから、いつ別れたっていい、と言ってるでしょ。いくじなし！　きちがい！」

うちを出て、私鉄の駅のほうにあるいていきながら、おれは、月並だ、月並だ、とくりかえした。

月並というコトバはあてはまらないかもしれないけど、じつに月並でおもしろくない。

しかし、夫婦げんかには、コトバにはできないものがあって、それを、むりにコトバにするから月並になるのではないか。

いや、おれと英子とのけんかも、やはり、夫婦げんかといわれるような（いくらか甘ったれた）ものなんだろうか？

そして、おれは私鉄の終電車にのり、新宿でのりかえて、東中野の岩成のアパートにいった。

こんなおそい時間では、ほかにいくところはない。

岩成は寝ていたが、おれの顔をみると、寝巻きのまま、ふらふらたちあがった。

「どこへいく？」

おれは、下駄をつっかけてる岩成の背中にたずね、岩成はちゃんと目があいてない声でこたえた。

「うーん、……どっかにいく」

「バカ、ここは、おまえのアパートなんだぞ」

しかし、岩成は入口の戸をあけて出ていき、おれは岩成のフトンに寝た。

寝呆けてはいても、これは、もちろん、岩成のポーズだ。

だけど、無責任さをトレード・マークにしていながら、岩成は、こまかく気をつかうところがある。いや、こまかく気をつかうから、無責任さをトレード・マークにでき、また、無責任さをトレード・マークにしなければやっていけないのかもしれない。

おれは、ひとといっしょのフトンだと眠れないのだ。女房の英子とも、やったあと、おなじフトンに寝たことは、一度もない。

いつも、おれのほうから、やろう、ともちかけ、いつも、いや、と言われてるのだが、いつか、英子のほうから、やらないか、とさそってきたときに、いやだ、とはねつけて、フクシュウしてやろうと考えるんだけど、ただのいっぺんも、そんなことがないのがシャクにさわる。(英子だって性欲がないわけではあるまい。アワアワ声をだすようなことはないが、やりだすと、たいてい、おわることはおわってるみたいだ)

しかし、いやに寒い冬の夜、(そのときも英子は、いや、と首をふったが)英子のフトンにもぐりこんでやったあと、「かえらないで、このまま、いっしょにフトンのなかにいて」と英子が言ったことがあった。

そんなことは、はじめてだし(フクシュウのことも忘れ)言われたとおり、英子のフトンにいたんだが、どうしても眠れない。

とくに、英子とのあいだの腕のやり場がなくて、ごそごそしてるうちに、寝息をたてて眠っていたはずの英子が、「もう、いいわ」と、へんにさめた、「いや」とはねつけるときみたいな声をだし、おれは後味がわるい気がしたが、ほっとして自分のフトンにもどった。

そんなふうなので、おれが泊りにいくと、岩成は、掛けブトンを敷きブトンにしたりして、べつにフトンを敷いてくれた。

そして、そんなフトンでは寒くなり、おれが、英子とけんかしては、しょっちゅう泊りにいくようになると、どこかから、おれのためのフトンをもってきた。

そのフトンも、前からあったフトンのうちのいくつかも、また、どこかにいってしまっている。もしかしたら、もとのところにもどったのかもしれない。

それっきり岩成はかえってこず、翌々日の夕方、友子がきた。

友子は、「あさかぜ」2号で朝の九時すぎに東京につき、そのまま、図書館大学の講習会にいって、東中野の岩成のアパートにきたという。

ちょうど、おれは鬱《うつ》になってるときだった。女房の英子とけんかしてとびだした翌日あたりは、まだ、かっと頭にきていて、朝はやく、酒屋のあかないうちから、駅の売店で酒を買って立飲みしたりして、酔っぱらってるが、翌々日になると、それが、かさなりあった二日酔になり、もう水も飲めない。

二日酔というのは、ひどい脱水状態だそうで、それなのに水が飲めないんだから、どうしようもない。

考えてみれば、すべて、おれがだらしがないんだ。

「わたしは悪い奥さんだけど、そんな悪い奥さんにがまんしてることはないじゃないの」

と英子は言う。

「自分は悪い女房だ、と威張ってることはあるまい。悪いとわかってりゃ、よくなるように努力したらどうだ」

と、おれは、もっともらしく言いかえすが、自分を変えるってことは、だれにもできることではない。

もし、ほんとに変るようなことがあったら、自分の力ではなく、神の力とでもいったものが働いたときだろう。

それに、良い、悪いということは、なににとって良いか、悪いかだ。

Good for what? No good for what? で、単純に(あるいは絶対的に)良い、悪いというものはない。

英子が悪い奥さんだというのは、おれにとって悪い女房だというわけで、おれのほうがどうにか変れば、英子は良い女房にもなるかもしれない。

女房に、良くなるように努力しろ、なんて人生相談みたいな、もっともらしいことを言うぐらいなら、自分が、相手を悪い女房にしないようにあらためればいい。

しかし、いつもいやだ、というのは、ひとをバカにしている。

味噌汁に砂糖をいれるようなことは、こまる。

友子がやってきたときは、朝からの二日酔が、なんとかおさまりかけ、そして、それだけよけいに、鬱のほうがしずみこんでいってるときだった。

だから、はじめから、おれは、友子を利用しようという気があったのかもしれない。

事実、友子といっしょに岩成のアパートをでて、夜になった新宿にくると、二日酔が、がくん、がくん、段をつけ、音をたてていくみたいで（からだには、ふるえがきたが）鬱のほうもゴマかしがききはじめていた。

二、三軒まわって、友子をつれて、「芳兵衛」にいくと、Kといっしょに劇団の連中がきていた。

Kは、そんなに古い友人ではないが、小説家で、新劇のS劇団のために戯曲をかき、その日が、ちょうど千秋楽だったのだ。

今どきめずらしい、バイオリンを弾く、モーニングのズボンをはいた（あれには、若向きのズボンのように、裾に折返しがないんだな）流しのオジイさんがいて、劇団の連中は大さわぎだった。

女優さんが森進一の真似をしたり、人気俳優が、わざと演歌調に声をころがしてうたったり、そのころはまだ「芳兵衛」にあったボックスとカウンターのあいだで、肩をくんで、でたらめの人喰人種の踊りと称するものをドタバタやる者がいたり、ご本人たちは裏芸のつもりだろうが、やはり芝居くさくて、ひとのことなのに、おれはこっ恥ずかしかったけど、友子はすっかりよろこんで、よろこぶというより、興奮してしまっていた。

S劇団は一流の有名劇団で、ときどき広島でも公演するが、舞台では顔をつくってるのでよくわからないけど、こうしてそばで見ると、雑誌のグラビアの写真や、テレビのときの顔にそっくり、あのひとも、あのテレビの番組にでていて、と友子は、アルコールのせいもあるだろうが、目をうるませて、おれにおしえてくれた。

そんなどさくさに、おれは、女房に追いだされて、岩成のアパートにとまってるんだが、今夜もとめてほしい、と友子に言った。

「あら、わたしのほうこそ、あとから割りこんでわるいわ」

と友子はわらい、おれもわらった。女房とけんかして出てきたことが、おもしろいことになった。

ただ、さっきも言ったように、岩成の部屋にはフトンが一枚とタオルケットみたいなものがひとつしかない。

一枚のフトンは、もともとは掛けブトンだったらしく、寸はみじかいが、ふつうの敷きブトンより巾がひろく、おれと友子は、そのフトンにならんでよこになった。

友子は、「ああ、たのしかった。つかれたわ」と言って目をとじ、いったいどんな気でいるんだろう、とおれがおもってるうちに、寝てしまった。

おれはやはり眠れなくて、電灯はつけないまま、タバコをすったりしていたが、目がさめると、あかるくなっていた。

友子はフトンのむこうにより、膝をそろえて、すこしからだをまげ、タオルケットのはしを腰から胸のあたりにかけて、つつましく、そして幼い姿で寝ていた。

おれはおきあがって、あけっぱなしのままの窓ぎわに腰をおろし、夜のうちに、みんなタバコを吸ってしまったので、枕元の灰皿から吸殻をひろって、火をつけた。

もちろん二日酔だが、それはいつものことで、このていどなら、たいしたことはない。

三本目の吸殻をとりに、灰皿に手をのばしたとき、友子は目をあけ、「あ……」という顔でおれを見あげたが、すぐ、その顔は笑顔になり、体操でもやってるみたいに、いきおいよくおきあがった。

それから、友子は水道の栓をひねり、その水をてのひらにうけて顔をあらい、(岩成のアパートには洗面器はない) パジャマから服に着がえだした。

おれは窓ぎわに腰をおろし、外をながめていたが足音がしてふりむくと、ふりむいたところには友子はいなくて、すぐよこの、窓の出っぱりにあがり、手すりに肘をかけていた。

「いい朝ねえ」

友子はつぶやき、おれはうなずいたが、顔をあらった友子から、石けんのにおいが、いい気持ににおってきたためかもしれない。

ところが、急に、友子は手すりにかけた肘をはなし、どうしたのかとおもってるうちに、せいぜい植木鉢をのっけるぐらいのせまい窓の出っぱりの上で、からだをこちらにむけると(また、よこにならなきゃ、そんなことはできない) きちんとお行儀にすわりなおし、

「おはようございます」

と両手をそろえて、前につき、おれはあっけにとられたが、ふきだしてしまった。

すると、こんどは、友子があっけにとられ、なにがおかしいのか、と、せまい窓の出っぱり

の上で、きょろきょろ、自分のまわりを見まわし、おれはわらいがとまらず、友子がかわいい、とおもった。

おれは、挨拶ということは、ぜんぜんおそわらずに育った。子供にご挨拶なさい、なんてことはまるっきり言わない親というのは、ほかでは見たことがないから、おれの両親は、世間の常識でいえば、ずいぶん変ったニンゲンだが、めんどくさいからなんてことではなく、はっきりした考えがあったからだろう。

そんなわけで、おれは挨拶がへたで、きらいだし、ちゃんと挨拶をするひとは好きではない。若くて死んだ作家がいて、そのひとの小説は、おれの仲間でも評判がいいが、おれは、なんだかインチキじみた気がしてしようがない。

というのは、そのひとにはじめてあったとき、からだをひねるようにして、腰からおって、たいへんにふかぶかとおじぎをしたからだ。

ていねいにおじぎをしたからといって、そのひとの小説がインチキじみてるとおもうなんて、まったくむちゃくちゃな、とんでもないはなしだけど、そんな気がするんだからしようがない。

ところが、女房の英子は、子供のとき、両親から、そんなにきびしくはなかったかもしれないが、ちゃんと、挨拶をすることをしつけられてるはずなのに、おれどころではなく、まるっきり挨拶というものをしない。

だから、おれのところにたまに、だれか訪ねてきても、呼リンがなれば、英子は入口まで出ていくが、相手が、だれだれですが、と挨拶をしても、「ああ……」とうなずくだけで、なかにひっこんでしまう。(そんなふうなので、うちにくる者も、だんだんすくなくなった)

まちがっても、いらっしゃいませ、とか、おあがりください、とか言うことはない。

ひとがきた気はいを察して、おれが出ていき、スリッパをだすまでは、みんな入口につっ立ったままだ。

奥さんたちが、ぺちゃくちゃお世辞をならべ、挨拶をするのは滑稽でバカらしいとおもったが、英子なんかより、あのほうがよっぽどましなのではないか。

近所でなにかあったときなどでも、挨拶をするのは、いつもおれで、しかも、おれは、今も言ったように挨拶のしかたをしらず、大きらいだときている。

それで、けんかになったことも何度かあるが、英子は、「きらいなものはしなきゃいいのよ」と言う。

きらいだけど、しかたなくやって、きらいならやらなきゃいいのよ、と言われたんでは、ほんとに、おれはなさけない。

英子にたいする、そんな恨みつらみを、胸のなかでこもごもおもいだしてたのか、アパートの二階の、せまい窓の出っぱりにお行儀にすわり、「おはようございます」と手をついた友子を見て、おれは、かなりやたらにかわいく、いつまでもわらっていた。

その翌晩も、おれは、もともと掛けブトンだったらしいフトンに、友子とならんで寝た。

もちろん酔っぱらって寝たのだが、やはり眠れなく、ところが、ちゃんと寝ていて、目がさめて、それに気がついたんだけど、友子がフトンのよこのタタミの上にすわっていた。

「どうしたんだい？」

おれはたずね、友子は、壁のほうをむいたまま、パジャマの膝に手をあてていたが、

「いらうんじゃけん」と言った。

「いらう？」

「あんたが……うちを」

おれは、その広島弁の意味がわかってきたが、ふしぎなことに、寝ていて、そんなことをしていながら、ちっとも恥ずかしくなく、なにかあわれみのようなものを感じた。

これは、相手の友子を、かわいく、いとしく、あわれむだけでなく、甘ったれた考えだが、自分自身もいっしょにあわれんでるような気持だ。

このときの友子の「いらう」という広島弁は、さわる、と言いなおしても、いじる、と言ってもぴったりこない。

フランス語のchienは犬のことだが、それでもフランス語のchienは日本語の犬ではない、みたいなことをパリにいる森有正さんが言ったそうだけど、それとはすこしちがった意味で、このときの友子の「いらう」は、さわるとか、いじるとかいうコトバには翻訳できないものがあった。

「すまん、すまん。もう、いらわないから……さ」

おれは、自分でもびっくりするほど平和な気持で、友子の手をとって、フトンの上にいれ、平和ということは、愛とあわれみがみちあふれてることだ、とおもった。

そのまた翌日も、おれは友子とならんで寝た。

八月もおわりにちかく、雨が降って、肌に、すこしひんやりしたものを感じる夜で、おれと友子は、タオルケットをよこにして、おたがいのからだの上にかけた。

その夜もだいぶ飲んでたから、喉がかわいて目がさめたのかもしれないが。

ともかく、目をあけると、おれは友子の肩をだき、かたっぽうの足をかさねていた。

このときも、ふしぎに、おれはおどろきもせず、恥ずかしくもなく、しばらく、そのままの姿勢でいたが、だいた肩をこちらにまわし、くちびるをあわせると、目をつむったまま、友子がくちびるをよせてきた。

胸に手をやり、大きくはないが、やわらかな乳房がおれのてのひらのなかにはいった。

前の夜も、その前のさいしょの夜も、友子は、パジャマの下にブラジャーをしていたが、その晩は、とって寝たらしい。

パジャマのボタンをはずし、じかに、乳房にてのひらをかぶせ、その手をずらして、しめった毛を指さきでわけ、腋の下にさしこむ。

友子は、くすぐったい、とつむった目のまつ毛をふるわせ、おれの腿のあいだに、足をいれてきた。

すなおな、三角の乳房だ。乳首が、オッパイのさきっちょにうまっていて、頂点がちょっぴり歯っかけの三角形になっている。

かけて、うまった乳首に舌をいれ、前歯と舌ではさんだが、ちんまりかたくはなったが、やはりおきあがってはこない。お睡《ねむ》のオッパイ……ねむり乳房《ちち》。

パジャマのズボンをショーツといっしょに、友子のお尻から剝く。

裏がえしになったパジャマの股のあいだに、友子の下腹にかさなってたときとおなじかたちでショーツがはりつき、そのまんなかの、おもわせぶりに皺がよったところが、手をやると、あったかく湿っていた。

からだのいちばん上の頭と、足と胴体が組みあっているからだの中心と、二つにわかれて、そこにだけ、黒い毛がはえているのが、おもしろく、いじらしい。

そして、そのあいだに、白くやわらかい起伏がつづいている。

おれは両手をひろげて、友子の頭とアンヨのあいだのヘアをなで、おヘソにくちびるをあて、舌のさきでゴマをさぐった。

けっして意地を張って、つきだしてるみたいではない、しげみのはじまりのまるい丘。

それが、恥ずかしいホネという名前どおりに、恥ずかしがって、おれのてのひらのなかから、こちょこちょ逃げる。しかし、どっちみちつかまって……。

友子のしげみのなかの泉は濡れるというより、とろとろにあふれ、そのなかにはいっていくと、おれはフクロのほうまで、蜜《みつ》びたしになったような気がした。

女房の英子が、こんなに、からだを濡らしたことがあっただろうか。

それに、今まで、おれはセックスをして、こんなに甘美な気持になったことがあるだろうか。

友子はみじかく息をとぎらせ、からだを反らし、おれのほうはおわったあとも、それはつづいていた。

英子とのときは、おわったとたん、お腹をあわせてるのがくすぐったくてたまらず、とびおりるようにするのに、友子の下腹は、ただやさしく、やわらかく、そしてエッチに感ずるだけで、こそばゆくはなく、そのうち、これはもう大びっくりで、蜜のなかにひたったまま、おれのものが、またかたくなってきた。

英子と知りあって、女子学生だった英子の下宿にころがりこんだころは、二週間にいっぺんみたいでなく、もっとうんとやってたが、これまた、こんなことはなかった。

おわったあとも、タオルケットにくるまって、おれと友子は抱きあって寝た。

腕はしびれたし、なんども目はさめたが、そのたびに、おれは友子のからだをだきしめ、また眠り、またやった。

たったひと晩のうちに、新記録がやたらにできてきて、自分であきれたぐらいだ。

あくる日の夜も、つぎの夜もそうだった。

そして、これは、びっくりなんてものじゃなく、つぎの夜は、おれは、ぜんぜん酒を飲まなかった。

この十なん年か、毎晩、かかさずに飲みつづけてきた酒を飲むことを、友子をだいていて忘れてしまったのだ。

ただ、シメ切をそんなにのばせない週刊誌の原稿や、ほかにも仕事があるが、英子とけんかしてとびだしてきて、原稿用紙も万年筆もない。

それに、昼間は、友子はちゃんと図書係の先生の講習にいっていないし、こっちも、ぜんぜん飲まない夜もあったほどで、二日酔で頭があがらないってことはないから、退屈でしようがない。

なにもしないで退屈なぐらいなら、書かなきゃいけない原稿を書いたほうがマシで、だから、「ちょっと、うちにかえって、原稿用紙と万年筆をとってくる」と、朝、講習会に出かける用意をしている友子に言うと、顔がゆがんで、タタミに膝をつき、泣きだした。

「いや、いや」と友子は首をふっている。

「やきもちをやいてるのかい？」

おれはおどろいたが、ウヌボレた気分で、いい気持だった。

女房の英子も、いつも、いや、いや、と言うが、友子のこの「いや」は、なんとかわいいいやだろうか。

いつまでも、岩成のことや、去年の夏、この「芳兵衛」で、小説家のKやS劇団の連中とさわいだことをくりかえしてしゃべっててもしかたがない。

おれは友子といっしょに立ちあがり、ママの芳兵衛は、「たまにはきてよ」と言って、カウンターの上のポータブル・テレビのスイッチをひねった。

おれたちがいるあいだも、ほかの客はこなかった。

表にでると、友子は、きんきらきんの金ボタンがついたミリタリイ・ルックまがいのコートの襟をたてた。

中学の先生の友子が、まさか、こんなティーンエイジの着るようなものを着て、学校にかよってるわけではあるまい。

だとすると、東京にくるというので、このコートを買ったのか？

しかし、夏、冬のコートを着るわけにはいかないけど、去年の夏、友子がティーンエイジのようなカッコをしても、おれは、こんな目で見ただろうか？

めろめろドラマの口調でもうしますならば、去年の夏から、友子は（おれの心のなかで）いくつ歳をとっただろう。

いや、大学をでて、中学の教員になって四年目の本来の歳にもどっただけかもしれない。

「お酉さまにいきましょうか。三の酉がある年の冬は寒いっていうけど……」

友子は、コートの襟をたてて、その前を片手であわせた。

きょうは十一月の末の日で、三の酉の日だそうだ。

捕物の時代小説のなかの文句みたいなことを……おれは、口のなかでつぶやいた。

しかし、なぜこう、いちいち、友子の言うことに、おれはさからうのか。

これでは、女房の英子にたいするときとおなじではないか。

おれと友子とのあいだには、いったいなにがあったのか？　いや、友子のことをあれこれ考えるのは、オコがましい。おれ自身どう変ったのか？

去年の夏、あれからも、まるで映画のような、甘美な夜が、もともとは掛けブトンだったらしいたった一枚のフトンの上でつづき、おれは、これがハニイ・ムーンというのかもしれない、とおもった。

おれと英子には新婚はなかった。別れよう、別れよう、とけんかしながら、ずるずる暮しだしたのだから、新婚なんてものではない。

いや、別れるという言葉も、英子はつかわなかった。

「別れる、きれるは、夫婦か恋人どうしが言うことだわ。あんたは、わたしの下宿にころがりこんで、居すわってるだけだから、ただ出ていけばいいのよ。あんたなんかとは、カンケイない」

と英子は言った。

それ以来、二人の子供ができて、その子供が小学校にいってる今でも、英子は、おれに出ていけ、でなければ、自分がでていく、とくりかえしている。

よし、おのぞみどおり、うちを出ていってやろう。そして、友子といっしょになろう。

友子は、英子なんかとちがって、よく気がついて、それに、なによりも気持がやさしい。

やさしくなければ生きる資格がない、とレイモンド・チャンドラーも言っている。

英子のやつはロクでもない女房どころか、ニンゲンとして生きる資格さえないのだ。

十も歳がちがうが、そんなことはかまわない。いや、よし、友子がかまわないなら、英子の長いあいだの望みどおり(ザマーミロ)離婚して、友子と結婚しよう。おれは本気でそう考えていた。

区役所通りをよこぎり、都電の線路をこし、昔の青線の花園街をぬけて、お酉さまの花園神社の境内に裏からはいっていきながら、おれは友子にきいた。

「お腹、すいてないかい?」

「そうねえ」

友子は片手でコートの襟をあわせ、もういっぽうの手を、おれの腕の中にいれた。

「寒いわ。あったかいおみおつけがほしい」

おみおつけ……味噌汁に砂糖をいれるような……。

おれはゲラゲラわらいだし、お酉さまの縁起物の飾りの熊手を買ってるひとたちがふりかえった。

あれは、友子との去年の夏の日曜日だった。日曜日は、図書の講習がやすみなので、友子は朝寝をして、おれたちはフトンは暑いといって、タタミの上で抱きあっていたが、友子が味噌汁をつくると言いだした。

おれが味噌汁が好きなのをしって、それまでは、朝おきて、ばたばた、図書の講習会に出かけていくので、できなかったが、ご飯をたいて、おみおつけをつくってあげる、と言うのだ。

しかし、なにしろ、フーテンの岩成のアパートの部屋で、洗面器もないくらいだから、味噌汁をつくる鍋も庖丁も茶碗も、なんにもない。

ただ、だれがもってきたのか、灰皿がわりにつかってる飯盒があるだけだ。これは、前に、おれがこの岩成の部屋にとまったとき、夜、二階の廊下のはしの便所にいくのがめんどくさくて、小便をしたことがある。

友子の気持はうれしいが、湯沸《ゆわか》しもないくらいなのに、味噌汁は無理だよ、とおれはわらった。

しかし、友子は、「ううん、だいじょうぶ」と部屋をでていき、鍋とか庖丁とか、いろんなものをもってかえってきた。

アパートのとなりの部屋や、向いの部屋から借りてきたんだそうだ。

「みんな仲よしなの。いいひとたちよ」

と、友子はめっきり東京弁になった言葉で言い、おれは、めろめろに感動した。

女房の英子は、もちろん近所づき合いなんかは、まるっきりしない。それどころかいっしょに住んでいる（うちの家族が同居させてもらってるのだが）兄貴の奥さんの京子さんから、なにかちょっと借りるようなときでも、いちいち、おれがお使いにいくぐらいだ。

なんじの隣人を愛せよ。自分が気にいったひととか、おなじ考えの者とかではなく、げんに、そこに、隣りにいるひとを愛せなくて、世界平和もクソもあるもんか。

おれは、友子との結婚を考えるのではなく、結婚を決心した。

そして、決心したからには、二人の子供のこととか具体的な予定がたつまでは、かるがるしく、そのことを口にすべきではない、ともおれは決心した。

おれと友子は買物に出かけ、米の一キロ袋と、味噌や豆腐やネギ、玉子なんかを買った。

そして、吸殻をすてて、飯盒でメシをたき（飯盒は、よくあらうように、友子に言った。なあに、熱をくわえるんだし、バイキンみたいなものが、いくらかくっついてたって死んじまうだろう）友子は、関西風に煮干をつかって、味噌汁をつくった。

あの白くやわらかな友子のからだの起伏に、甘美なしげみと泉、やさしい心づかいに、おいしい味噌汁……ほかになにがいるだろう。

友子は、自分はアイスクリームのカップにかわいくご飯をよそい、飯盒の蓋にはお新香、借りてきたお椀に味噌汁をいれて、「おみおつけ、さめないうちに」と新妻の笑顔ですすめ、おれは、しあわせいっぱいに鼻の穴をおっぴろげ、味噌汁のかおりをすいこんだ。

ところが、まるっきりへんなのだ。

薄すぎも濃すぎもしない、うれしい味噌の色をして、涙がにじみそうな味噌のかおりをたちのぼせ、関西風に青いところもまじってるネギが、初々しくちらばり、おれの好みに（注文したのだが）あまりちいさくきらない豆腐が白く艶やかにうかんでるのに、まるっきり味噌汁の味がしない。

へんに甘ったるくて、色やにおいは、まぎれもなく味噌汁なのに、バケモノの味だ。

「おいしい？」

友子は新妻の笑顔でたずね、おれは、「うん……」とうなずいて、バケモノの味噌汁をのみこんだ。

あとでわかったのだが、友子は、味噌汁に砂糖をいれたのだった。いつも、砂糖をいれて味噌汁をつくってたらしい。

あれからだろうか？　友子のすることや、言うこと、抱きよせたやわらかな素肌まで、甘ったるい味噌汁のような感じがしだしたのは……。

三の酉のあと、新宿三光町の「芳兵衛」にいき、友子のことは伏せて、そのはなしをすると、ママの芳兵衛が、

「味噌汁なんかどうだっていいじゃないの。ほんとに愛してればさ」と言った。

だけど、ほんとに愛する、なんてことは、いったい、どうやったらできるんだろう？

×　　×　　×

「今朝の味噌汁はマズいぞ」

おれは文句を言った。英子のやつはダシをとるのがめんどくさいもんだから、おれがきらいなインスタント味噌汁の粉をつかったのかもしれない。

「二日酔で、そっちの舌のほうがへんなんだわ」

英子はおれの足にぶっつけて、テーブルの下にホーキをつっこんできた。ひとがメシをくってる最中に、がたがた掃除をはじめることはあるまい。

「わたしも子供たちも、朝は、みんなパンなのよ。あんたひとりのために、ご飯をふかして、味噌汁をつくり……ああ、バカらしい」

一昨日の夜も、英子は、いやだ、と言った。

〔初出：「別冊小説現代」１９７０（昭和45）年1月号〕

P+D BOOKS ラインアップ

街は気まぐれヘソまがり	色川武大	●色川武大の極めつきエッセイ集
こういう女・施療室にて	平林たい子	●平林たい子の代表作2篇を収録した作品集
マカオ幻想	新田次郎	●抒情性あふれる表題作を含む遺作短篇集
緑色のバス	小沼 丹	●日常を愉しむ短篇の名手が描く珠玉の11篇
虚構のクレーン	井上光晴	●戦争が生んだ矛盾や理不尽をあぶり出した名作
浮草	川崎長太郎	●私小説作家自身の若き日の愛憎劇を描く

P+D BOOKS ラインアップ

塵の中	和田芳恵	●女の業を描いた4つの話。直木賞受賞作品集
鉄塔家族（上下）	佐伯一麦	●それぞれの家族が抱える喜びと哀しみの物語
散るを別れと	野口冨士男	●伝記と小説の融合を試みた意欲作3篇収録
白い手袋の秘密	瀬戸内晴美	●「女子大生・曲愛玲」を含むデビュー作品集
ゆきてかえらぬ	瀬戸内晴美	●5人の著名人を描いた珠玉の伝記文学集
愛にはじまる	瀬戸内晴美	●男女の愛欲と旅をテーマにした短篇集

P+D BOOKS ラインアップ

お守り・軍国歌謡集 山川方夫 ●「短篇の名手」が都会的作風で描く11篇

演技の果て・その一年 山川方夫 ●芥川賞候補作3作品に4篇の秀作短篇を同梱

断作戦 古山高麗雄 ●騰越守備隊の生き残りが明かす戦いの真実

龍陵会戦 古山高麗雄 ●勇兵団の生き残りに絶望的な戦闘を取材

フーコン戦記 古山高麗雄 ●旧ビルマでの戦いから生還した男の怒り

地下室の女神 武田泰淳 ●バリエーションに富んだ9作品を収録

P+D BOOKS ラインアップ

裏声で歌へ君が代（上下）	丸谷才一	●国旗や国歌について縦横無尽に語る渾身の長編
手記・空色のアルバム	太田治子	●〝斜陽の子〟と呼ばれた著者の青春の記録
銀色の鈴	小沼丹	●人気の大寺さんもの2篇を含む秀作短篇集
怒濤逆巻くも（上下）	鳴海風	●幕府船初の太平洋往復を成功に導いた男
燃える傾斜	眉村卓	●現代社会に警鐘を鳴らす著者初の長編SF
香具師の旅	田中小実昌	●直木賞受賞作「ミミのこと」を含む名短篇集

（お断り）

本書は1979年に泰流社より発刊された単行本を底本としております。

あきらかに間違いと思われるものについては訂正いたしましたが、基本的には底本にしたがっております。また、一部の固有名詞や難読漢字には編集部で振り仮名を振っています。

本文中には部落、支那、チャンコロ、メカケ、ドヤ、パンパン、犬捕り、唖、浮浪児、女中、ブタ箱、キチガイ、乞食、パンスケ、土方、二号、百姓、未亡人、表日本、ビッコ、養老院などの言葉や人種・身分・職業・身体等に関する表現で、現在からみれば、不当、不適切と思われる箇所がありますが、著者に差別的意図のないこと、時代背景と作品価値とを鑑み、著者が故人でもあるため、原文のままにしております。

差別や侮蔑の助長、温存を意図するものでないことをご理解ください。

田中 小実昌（たなか こみまさ）
1925（大正14）年4月29日—2000（平成12）年2月26日、享年74。東京都出身。東京帝国大学文学部哲学科中退。小説家、翻訳家、随筆家。1979年「浪曲師朝日丸の話」「ミミのこと」で第81回直木賞受賞。代表作に『自動巻時計の一日』『ポロポロ』などがある。

香具師の旅

2024年12月17日　初版第1刷発行

著者　田中小実昌
発行人　石川和男
発行所　株式会社　小学館
〒101-8001
東京都千代田区一ツ橋2-3-1
電話　編集　03-3230-9355
販売　03-5281-3555
印刷所　大日本印刷株式会社
製本所　大日本印刷株式会社
装丁　おおうちおさむ　山田彩純
（ナノナノグラフィックス）

ISBN978-4-09-352501-5

P+D BOOKS